跑步集

A Literary Runner's Almanac

李敬泽

著

南方出版传媒
花城出版社
中国·广州

图书在版编目（CIP）数据

跑步集 / 李敬泽著. -- 广州：花城出版社，2021.9（2022.1重印）
 ISBN 978-7-5360-9461-1

Ⅰ. ①跑⋯ Ⅱ. ①李⋯ Ⅲ. ①世界文学－文学评论－文集 Ⅳ. ①I106-53

中国版本图书馆CIP数据核字(2021)第149616号

出 版 人：肖延兵
策划编辑：张　懿
责任编辑：杜小烨
技术编辑：凌春梅
装帧设计：付诗意

书　　名	跑步集 PAOBU JI
出版发行	花城出版社 （广州市环市东路水荫路11号）
经　　销	全国新华书店
印　　刷	恒美印务（广州）有限公司 （广州南沙经济技术开发区环市大道南路334号）
开　　本	880毫米×1230毫米　32开
印　　张	8.75　2插页
字　　数	135,000字
版　　次	2021年9月第1版　2022年1月第2次印刷
定　　价	68.00元

如发现印装质量问题，请直接与印刷厂联系调换。
购书热线：020-37604658　37602954
花城出版社网站：http://www.fcph.com.cn

我不是我，我就是这棵永恒的树。

代序一

跑步、文学、鹅掌楸

——在《南方周末》N-TALK文学之夜的演讲

那天,我在奥林匹克森林公园的北园跑步,回来的路上,接到了《南方周末》编辑的微信说:"救命啊李老师,再不给题目就来不及了。"他要的就是今天晚上演讲的题目。从奥森公园东门出来,有一座过街天桥,看到这条微信的时候,我正好站在桥上。题目是没有的,脑子空空荡荡,抬眼一望,看见了那三棵树,用鲁迅的笔法来写:左边那棵是鹅掌楸,右边那棵是鹅掌楸,中间那棵还是鹅掌楸。

鹅掌楸不知大家是否认识,我估计基本不认识。非常漂亮的树，高大，有十五六米高——这说的是我眼前的三棵树。实际上鹅掌楸最高能长到四十多米：年轻的时候，从零岁到二十岁，它长得比较慢，最多长到十几米吧；二十岁以后，它就放飞自我了，开始拼命长，拼命蹿，很快就能长到三十米、四十米。我要是这样一棵树，那就麻烦了，年过半百还得天天买新衣服，因为我还天天长个儿呢。

那天我跑步回来，就站在那儿，看着鹅掌楸，叶子黄了，金灿灿的好树。背后有人追着要题目，走投无路，想起古人结社吟诗、出题限韵，也不过是撞上什么是什么。大观园里起诗社，李纨在来的路上看见他们抬进两盆白海棠，倒是好花："何不就咏起他来？"于是，我也现场报了个题目去，就叫作《跑步、文学、鹅掌楸》。

显而易见，到那时为止，我还不知道今天要说什么。而且从那时到现在，年底了，俗务成堆，日子过得狼烟四起，也一直没顾上细想。但是，我也并不为此焦虑，会有的，站到这儿就会有的。我参加高考距今四十年了，我是1980年的考生，我忘了我的作文分数是多少了，我要说是满分吧，有可能是吹牛，但是分数肯定不低，因为我喜欢做命题作文。"跑步"和"鹅掌楸"都是撞上的，是不讲道理就命了题，人生如逆旅，谁知会撞上什么？命题作文就是人生，我们一生就是得没完没了地去回答生活提出的那些题目。那些题目，常常是没道理、没逻辑，风马牛不相及，事先也不跟你商量。不过不要紧，我们现在试试看，能不能把风马牛不相及的事，说成一件事，做成一篇文章。

首先，隆重地向大家推荐鹅掌楸，非常挺拔、非常帅的一种树，它的叶子如同鹅掌——大家应该都见过鹅掌；没见过鹅掌，至少也吃过芥末鸭掌，鹅掌比鸭掌大一些。这个叶子也很像清朝人穿的马褂，所以这个树的名字又叫"马褂木"。深秋时节，叶子黄了，恶俗的联想就是一树的黄马褂哗啷哗啷地响。它的花很美，像郁金香。花落之后结果，果实像什么呢？像秋葵。

就是这样的三棵树，长在道路中间铁栏围起的绿地上，两边都是车行道，所以人过不去，只可远观，不可亵玩。每次跑完步，我都要在天桥上看它们一会儿。这是从白垩纪留下来的树，侏罗纪之后就是白垩纪，那是一亿四千五百万年到六千六百万年前，那时候地球上霸王龙、地震龙横行，天上飞的不是鸟，天上飞的是翼龙，没有什么迹象表明今后会出现一种动物叫人类。那时候这树就已经长在地球上，然后它就这样一直长着，长到了现在，还长到了奥森公园的东门外。为了证明我说的不是假话，大家可以坐上北京快速公交3号线，从昌平向南，在仰山桥站下来，抬头望望那三棵非常漂亮的树。

鹅掌楸从白垩纪长到现在，不小心就碰上了人类。人要盖房子、打家具，楸木轻而硬，据说打了衣柜绝对不生虫。于是，它就成了国家二级珍稀濒危保护植物。话说到这儿，文章要做下去，我显然就应该好好说说鹅掌楸的可怜和人类的贪婪，为了地球，为了我们共同的家园，我们要好好保护鹅掌楸。

但是，我忽然想起一位古地质学家的话，现在地球正在变暖，我们大家忧心忡忡，善良的人们喊出了口号，要拯救地球。这个没问题啊，大家都觉得很正确。但是这位古地质学家冷笑着说，想什么呢你们，地球根本不需要你们拯救，在地球四十六亿年的历史上，温度比现在高的时候多得是，二氧化碳浓度比现在高得多的时候，也多得是，但地球还是地球。所以，地球没问题，不用你们替它操心。问题的实质是，必须拯救人类。在可预见的未来，地球会一直在，而人类是不是还在，那可说不定。

古地质学家所笑的是我们人类特有的这么一种思维惯性和话语惯性，明明是我们撞上问题了，明明是我们快过不下去了，我们却说我们要英勇地、无私地拯救地球。这种惯性要用一个词来概括，就是"傲慢"，一种自我中心的傲慢。

现在，面对着鹅掌楸，我们当然要拯救它，人世上、地球上应该有如此好树。但是，站在鹅掌楸那边想，它已经存在了一亿四千多万年，以它的角度而言，人类的存在只是几秒的时间，它其实远比人类更知道如何在这个无情的地球上生存下去。而一个人，除了为它分类命名，除了琢磨怎么砍了它做家具，除了欣赏它的叶与花，然后写诗、写小作文，除了拯救它、保护它，其实还有另外一件事可做，就是意识到我只是它面前风吹过的一粒微尘，作为有智慧的微尘，我要在这缕风中想象，我不是我，我就是这棵永恒的树。

终于要说到文学了，我不能在"文学之夜"一直谈论植物。我的问题是，当我们谈论文学时，是否有另外一种可能，能不能想象一种"无我"的文学，在这样一种文学中，我可能成为一棵鹅掌楸，成为这棵树上的一片叶子。

这看上去似乎是不可能的。就在刚才这段话里，我已经说了一串的"我"，所以怎么可能"无我"。这个第一人称代词几乎是人之为人的第一条件。当一个人科动物站在一棵鹅掌楸下，说出"我"这个词的时候，他就成为一个人了，他就把自己从自然中区别出来了，鹅掌楸就要倒霉了，它迟早会变成珍稀濒危保护植物。这个话题几个晚上也讲不完，今天晚上的主题是"文学"，那么现在，让我们在场的所有人想一想文学中的"我"，想一想我们是否可以把"我"这个词从文学中去掉？——似乎是不可能的。任何一堂文学课都会从"我"出发，再归结到"我"，很大程度上，我们理解的文学就是作者的独一无二的"我"与读者的独一无二的"我"的遭遇和映照。

以上所说的，是一种现代思路，是今天的人的想法。今人古人常不相通，据说人和香蕉的基因差异只有百分之四十到百分之五十，而从精神或思想上看，我们与古人的差异可能比我们和一只香蕉的差异大得多。古人当然有"我"，但这个"我"只是他的出发之地，这个"我"甚至不是他的坐标点，就像一个人走在大地上、荒野中，他知道他没法把自己当坐标，他必须抬头看太阳、认北斗，太阳和星辰指引我们，如果只看自己，那他肯定迷路了，被狼吃掉。所以，我们能不能想象另外一种文学，在这种文学中，"我"是必须克服的。我们的写作与阅读，不是为了求证"我"的"在"，而是通过"我"的"不在"来体认"在"。在这样一种文学中，"我"不是"我"，"我"是"你"或者"他"，是山上一块石头、一只飞鸟、一棵鹅掌楸，我可以进入天地间万事万物。由此，我把自己交给了更大的坐标，交给了地球或者星辰。

这是可能的吗？我觉得这是可能的。甚至在我看来，这是文学最根本、最深邃的一重意义。故事、虚构与诗，它们在人类生活中的深刻意义就在于它可以短暂地让人们放弃这个有限的"我"，进入某种无限的事物。当我们的祖先说出"我"字，他成了人；但是，当他有一天说，"我"是那棵树、"我"是那匹狼、那只鸟、那颗星星时，他就是否定了"我"，在这个伟大的否定中开辟了文明。

但是这谈何容易啊！有人类以后肯定是过了很多很

多年才想到这件事,忽然有一天,有个人说:"我不是我,我是一只黑色的鸟,是你们的祖宗。"于是一群人惊呆了,说:"是啊是啊,你是巫啊你是王!"夏商周,夏说不清,商的王肯定同时是通天彻地的大巫。

所以,"无我"的文学,这很难,非常难。现代以来的陈词滥调,大家听文学课,必说一定要有"我",你们要努力啊,找到你的那个"我"。其实,哪用找啊?我们这个"我"是一定在的,所谓"我心",它就在心里,是我们身上最顽固的东西。所以,道家从老子开始,就讲要虚心,要放空,"致虚极,守静笃,万物并作,吾以观其复"。到了禅宗,第一要义就是"心如明镜台"。宋明理学以降,反反复复讲空心、白心,到王阳明,"此花不在你心外",此心宇宙,至大无外。这么多道士、和尚、儒生,整天念叨这事儿,说明什么呢?说明这事儿太难了,克服这个"我",超越这个"我",用一个学术热词,叫"超克"这个"我",进而获得这个世界,这太难了。

那怎么办呢?下面就该说到跑步了。我当然不比先贤们、那些高僧大德更高明,我只有一个笨得要死的办法,就是跑步。一开始我就说到我在跑步,已经跑了三年多了,跑步与文学有什么关系?我想来想去,好像也没有什么有关跑步的重要文学作品。《水浒》里有个神行太保戴宗,那是懒人想出来的办法,跑步太辛苦,腿上绑个符相当于发动机。孙悟空一个筋斗十万八千里,那更是连走路都懒得走。徐则臣写过一篇小说叫《跑步穿过中关村》,但我知道徐则臣是不跑步的,他是一个宅男。跑步的作家,据我所知中国的只有刘震云,外国的只有村上春树,他们都比我跑得快,跑得远。

每次和朋友们谈到跑步,照例会有两个问题提出来。一个是膝盖,忧心忡忡:膝盖啊膝盖,小心把膝盖跑坏。确实有此危险,但是我想了想,我这副膝盖如果不跑坏的话,到了七十或者八十岁的时候,它自然也会坏。我也没打算把膝盖留着当传家宝,趁着它还能用,就赶紧用吧。然后第二个问题就是跑步太枯燥。很多人说因为枯燥,所以不跑。

这么说的朋友,他真没有好好跑。凡是真正跑步的人都知道,一点都不枯燥,每天跑步的时候,都是自己身体里、心里上演一场激昂、复杂的大戏。前边的三公里、四公里,那个"我",盘踞在懒惰肉身中的那个"我",还在充分起作用。我很累,我的身体多么沉重,我跑步的姿势是不是正确,旁边过去的那个人怎么跑得那么轻松。跑还是不跑,这是个要命的问题。厄普代克写过一部小说《兔子,跑吧》,我又不是兔子,我为什么要跑?哎呀,你想的事多了去了。这个时候,你必须和自己做斗争,你必须镇压自己。那个"我"就是你的敌人,那个奔跑的你,就是要甩开盘踞在你身上的虎狼。你拼命跑,终于,你披襟当风了,澄怀静虑了,你只有一个念头,就是跑,然后你就越跑越轻松了。跑到六公里、七公里之后,你知道那个"我"不在你身体里了,你把它卸载掉了,你轻了,你空了,你停不下来,多巴胺、内啡肽如风,风劲马蹄轻,所向无空阔,你都不是你了。

所以就我的体验来说,跑步是一个去掉"我"的好办法。一个写作者或者一个阅读者,如果我们能像跑步那样,把自己彻底交出去,从有限的、顽固的肉身中的那个"我"跑出去,这个时候你可能会觉得至大无外,会觉得这个世界如此清新饱满、进出无碍。

——我的时间好像到了,但是我还只说了跑步与文学的关系、鹅掌楸与文学的关系,我还没说鹅掌楸与跑步有什么关系,这个圈儿还没有画圆。鹅掌楸与跑步也有关系，我用五分钟简单说一下。

鹅掌楸是一种南方的树，生长在秦岭以南的山地。南方的树，很难在北京生长，那么为什么三棵鹅掌楸会出现在仰山桥边？后来我发现此事真不是偶然。我查了一下，2008年奥运会的时候，为了在奥林匹克森林公园周围营造美妙的景观，风马牛不相及也要让它及，把中国南方的鹅掌楸和美国的密苏里鹅掌楸撮合到一起，就变成了北方的鹅掌楸，所以，我所见到的树另有一个名字，叫"奥运楸"。

然后这就与跑步有关系了。我们都知道奥林匹克运动最古老的项目之一，就是马拉松。公元前490年，雅典在希波战争中获得了马拉松战役的胜利，一个战士跑了四十二公里回来报信。开始的时候，战士还是那个战士，领了命令要完成任务，但是我相信，跑到二十公里、三十公里的时候，他已经跑出了身体，他已经跑出了那个"我"，他已经不是他自己了，他就是他的城邦、他的人民、他的土地、他的土地上的万物，甚至就是他的敌人——那些波斯人。然后他跑得太快了，太爽了，身体都追不上了，到了终点就死掉了。这样一个战士，这样一个跑者，我觉得他最终达到了伟大诗人的境界，他就是荷马。这么多年过去了，我相信，我们依然有可能像那个战士一样，像马拉松运动员一样，在奔跑中放下那个"我"，进入广大无边的世界中去。

我的命题作文可以交卷了。跑步、文学、鹅掌楸，全联系起来了。这也体现了我对文学的另外一个基本看法，文学就是要把大地上各种不相干的事情、各种风马牛不相及的事情，各种像星辰一样散落在天上的事情，全都连接起来，形成一幅幅美妙的星图。

2020年12月11日晚即席
12月23日改定

目录

1   隔与不隔,如果杜甫有手机

9   十个世界,一个世界

30   把自己生下来多么艰难

50   一次马拉松对话

100   说南北

107   不会有那么轻易的好事了

112   魔术盒子与成为一个作家

120	文学中的新中国故事
129	我们都爱汪曾祺
133	微笑与"沉思的老树的精灵"
137	"最后一个人"与他的世界
150	"人海"与"红字"
156	桑丘在"魔都"
164	独在此乡为异客
170	博物馆中长眠不醒之梦
176	永远在而不在
180	另一种"客观"
185	再过一遍,让此生明白
189	踏月而归,世上人稀
194	苍苍横翠微

199	一盏灯如何点亮
205	想象一种具有"地方根基"的批评
210	李壮小记
216	追怀视觉革命
221	《墨写新文学》展览前言
228	飞于空阔
237	关于坐标,能谈点什么?
250	答《未来问卷》

隔与不隔,如果杜甫有手机

——在腾云峰会的演讲

今天的主题是连接。我记得二十多年前看过美国一本互联网杂志,就叫 WIRED,中文是《连线》,wired 这个词是计算机、网络意义上的"连接"。所以,连接真是这个时代的一个关键词。吟诗作对子,与"连接"相对的是什么呢?我想来想去只想出一个"隔离";而"连线"反过来当然是"掉线",连接出了"故障"。仔细斟酌这些词——"连接""连线",与"隔离""故障",你会觉得,前者是肯定性的,是常态;而后者包含着负面的否定性,是常态出了偏差。在我们这个时代的文化和经验里，我们已经习惯了常态、习惯了肯定性，我们一直以为我们正向着无远弗届、无孔不入的连接高歌猛进。但是，在2020年，经历着新冠肺炎的全球流行，连"流行"这个词都忽然暴露了它隐藏的否定性，我们发现，否定性并未消散，隔离和故障意外地袒露出来，好像它就是自然与生活的另一副面目、另一重根基。由此，我们不得不回到辩证法，回到对否定的再认识和对肯定的再认识。

我这几天正在追一部谍战剧，扣人心弦，欲罢不能，所以我刚才上台前只想睡觉，因为昨夜很堕落，追剧追到凌晨两三点。这个剧背景是在20世纪40年代的上海，充满紧张的悬念，种种阴差阳错，种种千钧一发，但是，看着看着我忽然想到，这样一个漫长、精密的故事，它之所以能够牵着我一路跑下来，有一个根本条件——那个时候没有手机。几乎每一处悬念、每一个关键时刻，如果人物手里有一部手机，问题就不存在了，不必紧张了，平安无事，月白风清。敌人在门外设下了罗网，必须马上通知屋里的同志，"我"在街上狂奔，寻找一个公用电话亭。好不容易找到一个，里边的姑娘正在和闺蜜讨论电影和口红，简直活活急死。这个时候如果掏出手机，问题就没有了。所以我这一夜一夜看的是什么？是由于不连接，由于弱连接，由于连接的故障，造成的一个个否定性情境。在这个情境里，人面临着庞大的偶然性，偶然性是什么？偶然性是意外，是你的意想之外，你的意想是你的计划、你的主体性，但是你没办法和世界充分连接，信息不对称——你是针尖，世界是风暴。于是，如果你是个足够坚强、聪明和幸运的家伙，你就会身在戏剧中，以一己之力应对这四面八方呼啸而来的偶然性的风暴，那些偶然性都在千方百计地否定你。——迄今为止，这构成了人类的大部分故事、大部分戏剧。

假设这个世界上早有手机，那么昨天晚上那部电视剧就没有了，很多剧、很多小说都不会有。我们还会失去很多其他的东西，比如杜甫的很多诗。杜甫的诗有一千四百多首，如果他有手机的话，起码有五分之一是不必写的。"烽火连三月，家书抵万金""人生不相见，动如参与商"，写的都是空间和时间上的阻隔、间断，这种阻隔、间断、不连接使杜甫成了一个追忆、遥望、惦念和感叹的诗人。王国维谈"隔"与"不隔"，讲的是心与景、词与情之间，好的诗人要望尽天涯路，捅破窗户纸，由隔抵达不隔，不隔方为高格。但如果没有对隔的深刻感受，又何来不隔？对杜甫来说，隔就是一个精神空间、一个抒情场域，他的追忆和遥望，使不可及的人、事、物返回和构成他的世界。

我们都知道杜甫和李白关系很好，至少杜甫终其一生都热烈地仰慕李白。但实际上他们在一起的时间很短，初次相见是在洛阳，李白四十四岁，杜甫三十三岁，然后他们一起在河南转了一圈，又到山东转了一圈，此后便是"渭北春天树，江东日暮云"，天南地北，无复相见。也就是因为这不相见，在漫长岁月里杜甫写了十几首诗想念李白，怀念李白，歌唱李白。我想如果他有手机，如果他和李白随时都可以通电话、刷微信，那么，这些诗不必写了，而且他们的友谊、他们的感情很可能维持不了那么长时间。天天话来话去，紧密连接，他们的个性如此不同，世界观、人生观也很不相同，又生当天崩地裂、意见纷纭的大时代，不知道哪一天一言不合，友谊的小船说翻就翻。所以幸亏不连接，不仅人间有好诗，而且人间还值得。

我现在的工作包括管理一座博物馆——中国现代文学馆。——做个广告，这是世界最大的一座文学博物馆，其中收藏着现代以来大量的作家手稿和信函。当然我们面临一个问题，现在的作家手稿没有了，信也不写了，以后我们收藏什么？以后治文学史的学者研究什么？总不会是作家把毕生的聊天记录和微信截屏捐给我们吧。写信这种行为，连同那些信札，现在都已经被安放在博物馆中。今年我们就办了一个巴金和他的朋友们往来信札的展览，我仔细看了那些信，忽然想到，这种书写、这种连接不仅仅是为了通消息、传信息，也不仅仅是为了交流思想和感情，除此之外，它有一种类似于本雅明在谈论老照片时所说的那种"灵氛""灵晕"。你能感到，通信的这两个人，他们被空间和时势所隔，他们以书写、以遥望克服这种阻隔，但是，在他们的不隔中又内在地存留着隔，一种不隔之隔，一种由隔而生的珍惜、珍重，以及柔情和温暖。

由于没有手机，由于连接不畅或见面不易，人与人之间形成了一个距离，这个距离或许是否定性的、险恶莫测的荒原，由此滋生隔膜和敌意。但是，这个距离、这个空间也提醒和召唤着人们，小心翼翼，怀着珍重和耐心去跨越荒原，认识、理解，甚至爱上那个"他"或"她"。也就是说，这种隔使我们清晰地意识到我是

"我",他是"他",我们已经预备下足够的耐心与一个不同的"他"相处。

——直截了当地说,连接是人的天性,我们的天性一定要追求不隔;同时,隔或者不连接也是我们的天性,甚至我认为在某种程度上是我们更深层的天性、更深层的精神根基。人就是这样,与他人连接是困难的,我们甚至与自己都不连接——不用学弗洛伊德的学说也知道,我们每个人恐怕都不能说完全了解自己。而且我们每个人还面对着一个绝对的不连接,就是与死亡不连接——我们无法连接自己的死亡,那是漫长的忙音,永无应答。也就是说在这里存在着一个绝对的否定性,人必须像黑格尔所说的那样在这个绝对的否定性的身边出发,才能开始精神上的远行和肯定。

也就是说,人先要把自己从世界里区别出来,把自己变成一个不透明的存在,然后才能谈得上和其他人、和这个世界的连接。在我们这个时代,为什么我们所有的人都那么在意自己的这点隐私?在高度连接的互联网、大数据之下,为什么保护个人信息构成了普遍焦虑?不是我们每个人都有不可告人之秘,问题的实质在于,我必须有什么东西是不可连接的,如果我把不可连接的区域全部敞开,全部交出去,那么我还是"我"吗?如果"我"都没有了,每个"我"都成了一个被连接之物,那么这个连接的意义又在哪里?这不是"细思恐极"吗?这不是事关人的生存之根基吗?

正是在这个意义上,我特别喜欢今天的主题词——"流动的边界"。"流动"暗示着连接,暗示着我们这个时代技术上无所不及的连接能力,但与此同时,我们必须面对"流动的边界",必须思考这个"边界"在哪里。这恰恰是科技必须和人文对话的地方,是科技必须和人性、和社会对话的地方。

2020年,在全球性疫情及由此而来的震荡中,我们更渴望超越阻隔去实现连接和理解。但同样在2020年,我们也强烈地意识到,作为一个人,"我"必须确认"我"是谁,"我"和别人不一样。正是意识到隔,意识到连接的困难,我们也更明确地意识到必须从"我是我"这个地方出发才能开始连接他人。推而广之,一个国家、一个民族、一种文明,也同样必须确认自己的边界何在,何以"我是我",一种不能自信地为自己确立文化和精神边界的文明,几乎就没有什么存在的理由:它只能被连接,它不可能成为连接的主体。当我们创造、塑造未来时，除了技术，这个内在的边界应该是一种更为根本的力量。

所以，我相信，尽管有了手机，有了大数据，激励着人类去探索和创造、去远行、去战斗的，依然是那些算法之外的偶然和意外。当黑天鹅飞临，当灰犀牛站起，偶然和意外激发着人的恐惧、震惊，以及人的意志、想象和创造。同样，尽管我们现在通过手机零散地、每时每刻地相互连接和敞开，但是我也相信，那个手持手机的杜甫依然会为自己保持一种与他人、与世界的距离，以便于他遥望、回想、追忆和爱。没有这个距离，这些事关人之为人的根本价值可能就不复存在。

这就是我要说的：否定里有肯定，肯定里有否定；既要不隔，也要隔；为了更好地不隔，要更好地隔。

2020年11月26日即席
12月8日改定

十个世界,一个世界

——三联中读音频课《谁在书写我们的时代》总序

这一系列要谈十位作家,他们是:阿特伍德、巴恩斯、奥兹、奈保尔、麦克尤恩、村上春树、石黑一雄、帕慕克、门罗和库切。

这个名单和上一系列《遇见文学的黄金时代》相比,有一个重要的变化,那就是,大部分人都还活着,村上春树还在每天跑步,麦克尤恩2018年还来过中国。只有奈保尔和奥兹,刚刚在2018年去世了。

也就是说,这次所选的都是我们同时代的作家,是我们的同代人,与我们共同生活在这个世界上,当然,是在地球上不同的地方。

你也许会说,奥兹如果活着都80岁了,奈保尔如果活着都87岁了,我怎么会和他们是同代人?当然,你可能是"60后"或"70后"或"80后"或"90后""00后",此时此刻,相差十年甚至五年就足以构成明确的代际区分,这种区分会成为一个人基本的身份标记,它会让你觉得"60后"真的和"50后""70后"有重要的差异。

但是,鲁迅生于1881年,沈从文生于1902年,他们一个是19世纪的"80后",一个是20世纪的"00后",然而事到如今,在我们看来,他们就是同时代的作家,而且他们还打过笔墨官司,吵过架。时间会忽略甚至抹去很多东西,让很多差异变得无关紧要。我们刚刚庆祝了新中国成立70周年,10月1日那天,一位比我年长10岁的前辈就我和他的年龄差距大发感慨:"老矣,吾衰矣,小子正当年!"我必须安慰他,我说:"咱们好好活着吧,等到新中国成立100周年的时候,我已经85了,而您呢,95了还很健康,但85和95还有什么区别吗?没区别了。别看小猴儿们跳得欢,说到底,此时阳光所照的都是同代人。"

我们通常认为同代人之间同声相应、同气相求，更能够形成某种认同，我看未必。实际上，真正的分歧、敌意，道不同不相为谋，大概率发生在活人之间、同代人之间。就作家来说，我们更可能与那些早已升天封神的先辈相处得很好，你和曹雪芹、鲁迅或托尔斯泰、卡夫卡谈得来，碰到同时代的作家反而话不投机；读李白、杜甫就摇头晃脑，读现代某诗人就照例要生气。这正是那些伟大经典的权威之所在，但是，关于那些经典，我们自身在某种程度上就是它们的产物，我们就是被它们塑造出来的，对我们来说，这是相对熟悉、相对舒适和安全的区域。然而，我们可能还是觉得言不尽意或意在言外，或许我们还有好奇心和野心，还想让话语跟随我们来到内在和外在的陌生之地，于是，伟大的经典不能终结文学，现在的作家还得继续写下去。而作为同代人，我们和他们的关系远为纠结复杂：我们可能发了昏地爱他，也可能厌烦他、鄙视他或者索性对他毫无感觉；他们可能引领我们，也可能成为与我们争辩的对手。我们和他们的关系正如我们和世界的关系：动荡不宁、难以言喻。他们宣称，他们会带着我们去冒险和发现，去把幽暗的地方照亮，去整理和码放我们混沌的经验和生命；他们诱惑和鼓励我们大胆一点、走得远一点。但我们难免犹豫不决：我们为什么相信他们，把自己哪怕在想象中放进一片不确定、不舒适、不安全的荒野？

现在，我就在这荒野中彷徨。我应该对这十位外国作家做出一个整体性概述，此事太难，难就难在我手里无书。如果谈论19世纪文学，那么好，我有教科书，有一套现成的、公认的论述。即使是谈20世纪现代主义文学，也就是上一系列的所谓"黄金时代"，乔伊斯、普鲁斯特、卡夫卡等等，那也不难，因为也已经形成了相对清晰的文学史秩序。好比梁山泊上起一座忠义堂，一百单八条好汉排了座次，作家们各就各位，秩序井然。但是，现在，我白手而来，没有书，没有座位图，这十位作家都很有名，但是他们或者活着，或者刚刚驾鹤西去，天堂上还没开会呢，他们都还没被写到文学史里，用一句学术的说法——还没有被历史化。

然后，我只好从四面八方找话说，且说且找。比如眼下就有第一条，这十个人中，真正的欧美作家只有两个：巴恩斯、麦克尤恩，都是土生土长的英国人。美国的一个没有。当然，不是说美国没有好作家，也不是说欧洲的好作家都出在英国——英国还正在拼命脱欧呢。做这样的选择是为了凸显近些年来世界文学的一个大趋势，那就是小说边缘地带出现了越来越多的重要作家，农村包围城市，边缘逆袭中心，此为天下大势。

话说到这儿，就要谈谈小说的历史。世界各重要文明都有自己的小说传统，中国小说史，可以追溯到很远，学术界有各种说法，远的追到汉，近一点的也到了唐宋。碰到这种事，按大家的习惯总是觉得越远越有面子，但事物有它的规律，有它的条件，无穷地追上去，事就已经不是那件事了。就好像我们作为生物体都是由元素周期表上那些元素构成的，但你恐怕不能承认某个元素就是你。比如小说的条件之一是虚构，你顺此追上去，可以追到文字初始、殷商卜辞，那已经有虚构在里边：起风了，下雨了，这是写实，非虚构；但你说起风、下雨是对你的虔诚祭祀的奖赏，那你真是想多了，这种联系就是虚构。但这算不算小说呢？我觉得还不能算。虚构和想象是小说的必要条件，但它不能等同于小说。

我们现在一般理解的小说、现代意义上的小说是怎么产生的？在中国怎么产生的，在世界各地是怎么产生的，此事说来话长，简断截说，它主要是一个西方产物，是十五六世纪随着资本主义的兴起和扩张、随着现代性而来的一个事物。现代性的"现代"不是我们中学历史课本上那个近代、现代、当代，而是我们通常所说的"现代化"的"现代"，指的是从十五六世纪开始，由欧洲启动的全球性进程，这个进程是政治的、经济的，也是文化的、思想的，涉及人的自我意识和自我想象，最终从根本上塑造了我们现在的生活。当然，史学界也在争论，或许在中国，我们的"现代性"也并不是等到1840年才被迫接受，而是有一个自发的生成过程，唐宋之变、宋元之变、元明之变等等各种说法，王德威主编《哈佛新编中国现代文学史》，一口气把"现代"推到了1544年，那年还是嘉靖皇帝坐天下呢。如果我们把现代意义上的小说视为现代性的先声和表征，而不只是现代性的结果和反映，那不如再狠一点，一直推到南宋，那个时候至少话本小说已经成形了。

但不管怎么说，我们恐怕没有办法否认在这个全球性进程中，西方攫取了霸权，相应地，欧洲小说也是现代意义上的小说的定义者和领跑者。这就好比工业上的技术标准4G、5G，你是定标准的，你有最大的话语权。"世界文学"，这个概念是歌德提出来，看上去是天下大同、美美与共，实际上还是有个标准管着。所以，现在谈17、18、19乃至20世纪的文学，在世界范围里谈来谈去，主要都是欧洲作家；欧洲作家里主要也是欧洲大国，如英国、法国、德国、俄国的作家，后来又加上美洲的美国。

然后，到20世纪后半叶，慢慢地情况变了。这个变，从根本上说，是世界大势开始变，西方的全球殖民体系瓦解了，全球体系中原来边缘的、无声的地带渐渐站起来，有了声音。世界原来是一个，按毛泽东主席的理论，东风吹，战鼓擂，一个一下子变成了三个。另一方面，西方自身也在变，殖民变成后殖民，现代变成后现代。文学、小说这件事，说大不大，说小不小。往大说，它涉及一个国家、一个地区、一个民族能不能在这个现代世界里自己讲自己的故事。你是讲故事的还是被讲的，这很不一样，这本身就是权力，你拿不到这个权力，你就是被动的一方。当然，你拿到这个权力确立了你的主体性，不意味着你就可以控制别人、碾压别人，但你拿不到这个权力肯定是被控制、被碾压的，觉得自己一无是处，不如自杀。所以，20世纪下半叶开始，随着世界大势的变化，渐渐地，就小说而言，大势也变了，原来的边缘地带由沉默而发出声音，开始讲自己的故事，而且渐渐地被听到、被注意。

我们这里十位作家，有八位是来自现代小说的边缘地带，反映的就是这个趋势。这里边，门罗和阿特伍德是加拿大作家。你会说，加拿大也是西方阵营的啊，西方七国首脑会议，里边就有加拿大。但其实加拿大在那里边也是跟在后边的小弟，也很郁闷、拧巴。加拿大的文化以美国为中心，而美国呢，阿特伍德发牢骚，对美国来说，加拿大只是一个在谈论天气时才会想到的地方：冷空气正在加拿大上空聚集，好比我们的天气预报里的西伯利亚。然后，村上春树是日本作家，日本在西方体系里其实也是边缘国家，脱亚入欧，欲脱不脱，欲入不入，十里一徘徊，焦虑了一百多年。剩下的就更远了，帕慕克是土耳其人，恐怕也是一般中国读者知道的唯一一位土耳其作家。然后，奥兹是以色列作家；库切是南非作家，后来在南非待不下去，跑到了澳大利亚。石黑一雄生在日本，五岁时跟着父母移居英国。奈保尔，他们家祖上是印度人，后来到了西印度群岛的特立尼达，那是英国殖民地，独立后成了一个国家，叫特立尼达与多巴哥，奈保尔出生在那里，被殖民政府保送上了牛津。据奈保尔自己说，一开始他写小说,人家见此人又黑又瘦又矮,一看就不是英国人,开言问道:"你哪儿来的?"他说:"我,特立尼达人。"对方不吭声了,表情是:特立尼达在哪儿?特立尼达有什么小说?但是再后来就不一样了:奈保尔了不起,你知道他是哪儿人?特立尼达人!

总之,这个名单反映了这么一个趋势,这个趋势当然会带来小说主题和视野的变化。

比如,文化政治和身份政治成为世界性的文学主题。这件事也是说来话长。在西方体系内部,文化政治和身份政治声势浩大。我们看选举,传统政党面临的大问题是,过去选票跟着饭碗走;现在,饭碗未必完全失效,但不再是唯一决定性因素,移民问题、女性问题、同性恋婚姻问题,这样的社会和文化议题也足以撕裂选民。在文化上,左派身份政治从学院到社会形成"政治正确"的高压,像哈罗德·布鲁姆这样的保守主义者都要活活气死,骂他们是"憎恨学派",正在摧毁西方文化的根基。布鲁姆生前最讨厌《哈利·波特》,可《哈利·波特》的作者J.K.罗琳最近在社交媒体上发了一条状态,反对"跨性别女性是女性",也就是说,你一个大男人不能宣称自己是女性就进女厕所,于是也政治不正确了，群情激愤，开批斗大会，J.K.罗琳《哈利·波特》的作者籍都要被开除了。

——好吧，他们高兴就好。这股子革命热情也会反映到欧美文学中，我一点也不怀疑他们的真诚，但是，说老实话，如果左一部右一部小说老在处理诸如自己到底是男的还是女的，还是多种性向之哪一种的痛苦，我真的怀疑他们是不是快疯了。罗马人在澡堂子里临水自照，正在变得精致纤细、自恋偏执。这也是小说大势之变的一个原因。

说回文化政治和身份政治，它在全球体系的中心与边缘有着很不相同的性质：在前者，我们外人看来很像是一家子晚餐饭桌上的吵架；而在后者，它可能是真正严重的问题，依然具有小说传统中那种"世界危机"和"个人危机"的强劲张力。也就是说，在如今的欧美小说中，"个人危机"可能只是夸张的"世界危机"；而在边缘地带，"世界危机"仍然就是"个人危机"，反之亦然。

过去四百年来，西方殖民主义体系有一个很重要的文化装置，所到之处一通忙活，概括来说，就是把世界分为主体和他者，把别人他者化。"他者"这个词很学术，是你我他的"他"，就是说要让你失去自我意识，你自己说不出自己的话。当然你可能一直在说，但你一张嘴说的都是别人的话，都是人家不知不觉灌输给你的话，所以，不仅你在人家眼里是他者，你自己也把自己当他者。这个过程跟前些日子忽然成了社会新闻热点的PUA差不多，你在本质上是无声的，没有自我意识，没有自己的故事。这就是个权力机制，西方在它的内部当然会指认和生产他者，比如对女性，同时，在外部，它以巨大的规模和直到无意识的深度把自己的边缘地带，进而把全世界都他者化了。

于是，到了这个时代的很多边缘地带作家这里，一个古老的问题复活，重新变成一个陌生的问题，那就是"我是谁""在我身上、在这片土地上发生了什么""什么是我的话、我的故事"。作家们要在混沌错综的历史经验和文化冲突中省思自己的复杂身份，他们要让人们的无意识被赋形，获得意识。比如奈保尔，从早期的《米格尔街》，到后来的印度三部曲，他始终纠结于诸如此类的问题："我是谁呢？我是印度人、特立尼达人还是个英国人？"他都是，又都不是。从如此混杂暧昧的经验中，他发展出特殊的视角和方法，去看这个世界,看那些既分隔又互相联系的国家、土地和人群。帕慕克生长在伊斯坦布尔,博斯普鲁斯海峡横穿这个城市,这边是欧洲,那边是亚洲。作为一个土耳其人,海峡就在他身体里,他的身体和目光中交织着基督教文明和伊斯兰文明的冲突。我是谁?这个问题是要建构和生成一种主体性,是自己把自己从精神上再生下来一次,这当然特别困难、特别痛苦。这是痛苦、破碎的现代性历史造成的,小说家们从中获得了讲述的必要性、讲述的动力。

资本主义的现代性把它的权力推行到全世界,你不想有关系,我也要和你发生关系。这个历史进程既把全世界前所未有地紧密联系起来,又造成了大规模的、超大规模的、主动的和被动的出走、迁徙、流散。什么是现代性?你逼着我非用一个词做出概括,那不外乎是"离家出走"。这是空间的,它几乎已经成为人类生活的常态,不是现代性造成了流散,而是现代性中就预设着流散,预设了生命的居无定所,预设了远方;这种流散更是时间的,我们的生命里都有了一个未来的向度。"未来"这个词,以我的阅读所及似乎在先秦典籍里没有,佛经里才有的,但佛经里大肚子弥勒佛的那个"未来"是循环的、复归的,过去、现在、未来,如轮周转。但在现代,未来就真的是向着未来的单行道了。无论空间和时间,这都意味着冲突、断裂,外在的和内在的困境。

在有些作家中,这种流散、冲突和断裂所构成的困境具有世界和历史的总体性。比如奥兹,他是以色列作家,他毕生所写都离不开、都要回应犹太民族的命运和以色列与巴勒斯坦的冲突。比如我们要思考正义,好吧,奥兹就得在以巴之间面对正义,这显然不是一件容易的事,这甚至都不一定是可能的事。

比如库切,他是殖民者后代,荷兰人、布尔人,他们在南非建立了殖民地。但库切发现他在根本上还是个流浪者,无家可归。这种流浪、这种流散,是一种"越界",是"越界"的结果也是"越界"的原因,人越出了他的界限,这固然使人的世界得到扩展,但其中也包含着严峻的危险,包含着道德和伦理上的危机。在库切的《耻》中,殖民者就是越界者,而那个主人公,一个大学教授,当他性侵年轻的女学生时,他也越过了、侵犯了"师生""长幼"这些人类生活的界限。问题在于,在现代世界和现代经验中,人很难确知他的界限在哪里。面对以色列人和巴勒斯坦人，奥兹想来想去，也不认为可以亲如兄弟，只能是妥协、划界，然后共处。库切也在另外的层面上思考怎么划界，怎么确定和接受界限——心的界限、生活的界限。在他看来，即使父女之间也有一个界限问题。暴力、侵犯、道德危机常常是在越界中发生的，对个人、家庭、国家和文化来说都是如此。

当然，流散不一定就是冲突，也可能是差异和比较，由此打开新的世界"风景"。比如石黑一雄，他是英国人，也是日本人，他在自己内部打开了一个空间，从日本看英国，从英国看日本。

文化和身份，为何要加政治？政治就是关系，就是人群和人群、人和人之间的权力关系。谈起权力，我们马上想到单位里、公司里或者宫里的事，但其实还有更基本、更重要的权力关系。马克思讲生产关系，那就是谁占有生产资料的权力，这是人类生活的根基。还有一个基本的权力是绝大部分成年人类每天一睁眼就要面对的，那就是性别政治、性别权力。这里的十位作家，大部分都把性别政治作为重要主题。

首先是两位女作家——阿特伍德和门罗。她们都是加拿大作家，加拿大最初就是殖民地，尽管它有一个几乎不言自明的西方认同，但相对于美国，它处于一个边缘、他者的位置。两位作家都在某种意义上回应着这个问题：阿特伍德的小说常常致力于重构加拿大的历史记忆；而门罗，她一辈子差不多都在写安大略小镇，她通过确立一个小小的地方来确立加拿大的特性。这两个作家很不相同，我更喜欢阿特伍德。门罗经常被称为加拿大的契诃夫，低调、灰色、微妙；而阿特伍德呢，她像一个女王，光芒四射，庞大、强悍、飞扬，她有时会让我想起阿赫马托娃，而阿赫马托娃也不太喜欢契诃夫。

——扯远了，拉回来说。在这两位作家那里，加拿大的主体性和女性的主体意识，有一种隐秘的同构关系。阿特伍德的小说反复讲述女性的命运，那些被遗忘、被无视、被彻底他者化的沉默无声的女性如何获得自我意识，如何争取主体的完整性。她的小说里贯彻着残酷的性别斗争，她至今得不了诺贝尔奖是有道理的，她太有冒犯性，我猜瑞典学院那帮老家伙里有人很讨厌她。她最为中国读者熟知的作品可能是《使女的故事》，被改编成了热门的美剧，她虚构了一个国度，一个反面乌托邦，在那里，无所不及的专制暴力，最深刻地落在女性身上。女性是"使女"——有人翻译成"女仆","女仆"虽然有被动、役使的意思,但"使女"更鲜明,被使用的女人——女人完全被物化、他者化了,被使用的女人没有自己的故事,就像你的汽车没有自己的故事,而阿特伍德讲的就是这样的女人如何在男权暴力下为自己的故事而战斗。

在女权问题上,在性别问题上,存在深刻的分歧,在中国有分歧,在欧美也有分歧,很多人对女权很反感,而正如刚才提到的J.K.罗琳的小风波所显示,激进女权主义对跨性别的政治正确也很反感。我无意也无力辨析其中的是非,但男女之间的权力关系问题确实打开了对家庭、社会、人类生活的一个具有强大潜能的批判视野。也正是因此,不是只有女作家写女权,男作家也写,比如在库切那里,加诸女性的权力和暴力是重要的主题。

至此,有三位作家我还一直没有提到,两个英国作家——巴恩斯和麦克尤恩,还有一个村上春树。

好吧,我马上就要提到了。先说麦克尤恩,他是我非常喜欢的一位小说家。麦克尤恩的问题是他过于聪明机灵,以至于高雅之士常常不好意思公开表达对他的喜爱。我记得有一位评论家曾经说过:"他的脑袋是个有意思的地方,值得一访,但要长住我可不干。那里漆黑一片,弥漫着乙醚的气味,弗洛伊德吊在房梁的钩子上,床脚箱里装满骷髅,蝎子遍地横行,蝙蝠四处乱撞……"这样的地方我也不想长住,而麦克尤恩的本事在于,他把如此的混乱荒唐写得如此有趣,如此动人。我一开始讲了,世界小说正在发生边缘向中心的逆袭,英国小说可以说是中心的中心,它有伟大的小说传统,但为什么我们现在感到,他们正在失去活力呢?其中一个原因是,他们太安逸,他们连同他们的世界都在坍缩、内卷,失去了对自己、对世界提出真正重要问题的能力。我们看麦克尤恩的经历,他和巴恩斯是这十个作家里经历最平淡的,甚至比家庭主妇门罗还平淡。门罗家里都是农民,父亲是个养貂的,她得从小镇走向世界,得生孩子、养孩子,还得和丈夫一起开个小书店谋生;但麦克尤恩和巴恩斯就是聪明好孩子的经历,除了早年当嬉皮士时抽大麻,其余的就是乖乖当作家。

但我还是觉得应该把麦克尤恩放在这十位之中,在他身上确实看不出一个伟大作家的雄浑和力量,但是他不像狄更斯真的不怪他,他要是早生二百年,我断定他会和狄更斯不相上下。在他这里，我们看到的是，一个作家其实深刻地受制于总体性的历史节律，他做不成狄更斯，也做不成康拉德，他在他乏味的现代、后现代生活中看到混乱和空虚，然后又极尽机巧地为这混乱和空虚赋予繁复的、巴洛克式的、重口味的戏剧性。但同时，他和那些现代主义作家又很不相同：现代主义作家看到了空虚的深渊，然后跳下去了；而麦克尤恩要在上面架一座独木桥，拴一根绳索，看人们怎么惊险万状、心惊肉跳地爬过去。

这就说到了村上春树。我查了一下他的资料，忽然意识到，村上春树竟然这么老了，他是1949年生人，年逾古稀了。当然，他后来的很多小说尽力写得像个成人，但是，在我这样读者的印象里，他好像一直是，必须是那个孤独的青年。这个青年的孤独不需要慰藉，他生活在全球化时代，生活在某个无名的都市里。如果说，全球化带来的一个效应是像帕慕克、像奥兹那样致力于建构家园，那么村上春树就体现着全球化的另一方向的冲动，他竭尽全力去日本化，他力图消除地方性，他用全球化的、当然很大程度上是用美国化的流行文化元素建构了一个乌托邦。如果说，麦克尤恩是关于空虚和混乱的戏剧甚至是狗血剧，村上春树则是关于空虚和混乱的诗或者歌谣。

最后，在巴恩斯这里，正好可以结束这一番概述。这十位分布于世界各地的作家，他们各不相同，如果一个一个读下来，你可能会觉得，这不是一个世界，这是来自十个世界的作品。即使阿特伍德和门罗都是加拿大人，都是安大略人，都是女性，差不多是同龄人，但她们各自展现的世界图景依然天差地别。在一个更大的视野里，他们都身处过去几十年特别是冷战结束后的世界性政治、经济、社会和文化潮流之中。现代主义作家属于"短20世纪"，那是两次世界大战、革命、非殖民化的世纪；而我们面前的这些作家主要属于21世纪，属于全球化和后冷战时代，所有这些作家都在开辟和面对新的问题场域，他们要写出新的故事，关于人类、世界，关于他们自己。他们并非空无依傍，我们已经在他们的作品中看到，他们和这个时代一些重要的思想潮流存在呼应关系，后现代、后殖民、女权主义、文化批评，等等。当然，他们确实不是哲学家或思想家，他们志在忠实于复杂而具体的人类经验，同时，他们也在探测小说艺术作为一种方法论和认识论的新的极限，他们说：

"此时此刻,让我们看看小说能做什么。"

而巴恩斯,这个英国人,他绝顶聪明——我刚夸了麦克尤恩聪明,昔日帝国的残存能量依然足以使其聪明。巴恩斯的小说都是元小说,也就是关于小说的小说,关于小说的认识论基础的小说。在这些小说,比如《福楼拜的鹦鹉》《十又二分之一章世界史》里,我们看到所有的话语都遭到了解构,看到意义的艰难,看到叙述是多么不可靠(哪怕是最真诚的叙述),看到真实是多么变动不居……这一切实际上袒露了所有这些作家的共同语境,也就是说,这些作家是要在巴恩斯结束的地方开始讲述。在巴恩斯看来,一切故事都是不可能的,世界上只有关于不可能的故事的故事。这就是历尽繁华而败落的昔日豪门袖手看世界,尖刻、冷漠、玩世不恭。好吧,世上的人说:"可是我们依然有话要说,让我们试试看,能不能在不可能中创造出可能来。"这些作家,他们知道巴恩斯很可能在路的起点或尽头等着他们,他们必须设法证明,他们的世界和巴恩斯不是一个世界。这让我想起特德·姜的小说《巴比伦塔》,这一个一个的写作者,他们想象和建构自己的通天塔,表现和创造一个一个的世界,最终,在经历种种冒险之后，这复数的世界或许会被那唯一的世界所回收，但命里注定，他们必须反抗这个唯一性。

> 2019年9月28日草稿
> 12月24日改定

把自己生下来多么艰难

——汉德克讲稿

2019年10月10日，瑞典学院宣布了2018和2019年度的诺贝尔文学奖获得者，他们是波兰的托卡尔丘克、奥地利的汉德克。

这两位中，汉德克是我们比较熟悉的，他2016年来过中国，国内翻译出版了他的主要作品，九卷之多，洋洋大观。托卡尔丘克呢，我感觉大家都不太熟，反正我不熟，这几天总是把她说成"邦达尔丘克"，一边说着一边知道我说错了。邦达尔丘克我熟啊，那是苏联的大导演，我看过他导的《战争与和平》。然后我一边想着一边说，波兰女作家邦达尔丘克……

一个文学奖评出来，不管是诺贝尔奖还是别的什么奖，只要这个奖有影响力，大家关注它，就一定会有或大或小的争议。相比之下，比如诺贝尔化学奖或物理学奖就没什么争议；国际数学界还有一个奖，叫菲尔士奖，那就更没争议，评出来我们只能膜拜。为什么无争议？原因很简单，那都是最强大脑啊，哪儿轮到我们插嘴，我们都不懂啊。物理学、化学、数学，搞到那个段位，都不在常识范围之内，公众不能也不必参与。文学就不一样了，很少有人会谦虚地承认自己不懂文学。文学事关人类生活、事关经验和情感，提供想象和言说，人是什么样、人应该和可能是什么样，这几乎不存在什么唯一的真理，大家都有发言权。大家的感受、想法和判断肯定千差万别，在千差万别的对话中逐步形成相对的公论。所以，关于谁是世界上最好的作家，很难有绝对的答案。比如，我就不太明白为什么瑞典学院那些女士先生，他们把这个奖都颁给了托卡尔丘克，偏不肯颁给阿特伍德。托卡尔丘克的小说我紧急补课看了一本《太古和其他的时间》，我的感觉是，阿特伍德是女巨人，托卡尔丘克相比之下还是个文艺青年。

当然，我的看法可能也是偏见，我很羡慕那种人，他们把自己搞成小宇宙，他们的偏见就是他们的真理和科学。这很好，但我做不到。当我们确认谁是好作家、哪一部小说是好小说时，每个人都是从自己的有限性做出判断。什么是有限性？就是我们每个人都有独特的性格、禀赋，有自己的经验背景和知识背景，以及自己的趣味和偏好。我就是个钢铁直男，我就喜欢《三国》《水浒》，受不了《红楼梦》，有问题吗？没问题，你喜欢就好。但另一方面，文学给我们的最好礼物，就在于它不仅是一面镜子，让我们从中找到和认出我们自己；它还是我们住宅之外的一条街道、村子之外的一片原野，让我们去结识陌生的人，见识那些超出我们感知范围的事，让我们领会他人的内心、他人的真理。由此，我们才不会成为自身存在的有限性的囚徒，我们去探索和想象世界和生活更广阔的可能性，或者更准确地说，是不可能性。什么叫不可能性？就是在你的小宇宙里你认为这不可能，想都没想过，但是，现在，你打开这本书，看着不可能的事物，如何被想象、被确切地展现出来。

所以，现在，就只谈谈汉德克。本来还应该谈谈托卡尔丘克,但是,以我有限的阅读,她对我来说不是"不可能性",她是令人厌倦的"可能性",这样的小说我读上几十页就知道大致如此、不过如此,而读小说的其中一个理由,就是我们希望能靠它抵御人生的厌倦。

汉德克是奥地利人,生于1942年,今年77岁了。关于他的生平,这些天大家已经看到了很多介绍,我就不细说了。汉德克曾经嘲讽诺贝尔奖,说该奖的价值不过是六个版的新闻报道。现在呢,他自己也变成了刷屏两三天的新闻人物。在突然激增的关于汉德克的知识中,我特别感兴趣的只有两点。

第一点是他的身份。身份政治是后冷战时代世界文学的一个重要主题,在新的世界政治和文化格局中,"我是谁"成了一个很纠结、很尖锐的问题,这绝不仅仅是启蒙话语中个人的自我意识问题,它还涉及族群、政治、权力关系。对于全球化体系的边缘地区和边缘人群来说,身份政治尤为重要,比如女性、女权。这次诺贝尔文学奖评奖的一个焦点,就是要有女作家。有没有女作家,不仅是文学问题,更是政治问题,关系到"政治正确"。这个压力很大,所以瑞典学院方面赌咒发誓，昭告天下，一定要评一个女作家出来，结果就是托卡尔丘克。而汉德克，他看上去好像没有这个敏感的、边缘的身份问题，他是白人男性，奥地利是欧洲和西方文化的中心地带，按说他应该很知道自己是谁，不会为此而焦虑。但其实，他的生父和继父是德国人，至于他怎么就成了奥地利人我也懒得研究，反正德国和奥地利搞成一家历史上也不止一次；我要说的是他的母亲，是个斯洛文尼亚人。斯洛文尼亚人的历史说来话长，简单说，就是他们大部分在斯洛文尼亚，一小部分在奥地利，汉德克的母亲就属于这一小部分，所以才认识他父亲。那么斯洛文尼亚在哪儿啊？就在奥地利南边，之前是南斯拉夫的一部分，而十几年前民族主义狂热，南斯拉夫打成了一片血海。这件事对汉德克的身份意识、对他的创作乃至生活都造成了很大影响。

第二点我特别感兴趣的是汉德克除了是剧作家、小说家，他还是"世界蘑菇大王"。据他自己说，他是世界上对蘑菇的知识最丰富的那个人，是不是吹牛我也不知道。常人印象里蘑菇还不是茶树菇、猴头菇、平菇、松茸这类可吃的，但是，汉德克并不是专精蘑菇的"吃货"，他感兴趣的是不能吃的、吃了要发疯死人的毒蘑菇。据他说，世上的毒蘑菇有二百多种，他都认识。他为此还写了一篇带点儿自传性的《试论蘑菇痴儿》，一个人痴迷于蘑菇，寻找蘑菇的故事。顺便说一句，除了蘑菇这一篇，他还写了《试论疲倦》《试论点唱机》《试论成功的日子》《试论寂静之地》——这个"寂静之地"就是厕所。我读的书不多也不少，很多年前在《阴翳礼赞》里读过谷崎润一郎写厕所，然后就是汉德克这一篇。

　　现在，我们看到了一个有博物学兴趣的作家。这样的作家中外皆有，比如纳博科夫也有这方面的兴趣，他不研究蘑菇，他研究蝴蝶。写作这件事，上班下班没法分得清楚，作家整个的生命都会放进去，蝴蝶、蘑菇也会不知不觉地进去。纳博科夫的小说就有蝴蝶之美；汉德克呢，他的写作也有毒蘑菇的风格。毒蘑菇艳丽、妖冶，毒蘑菇一点也不低调，这艳丽和妖冶是危险的，它是诱惑，也是攻击，骗取你的注意，抵达它的目的地，它的目的地是哪里呢？当然是你的中枢神经啊，让你麻醉、致幻、休克，等等。所以，汉德克的写作，一直受到毒蘑菇复杂意象的影响。——前几天，我正这么聊得起劲，有个家伙在旁边嘀咕：那个，毒蘑菇也有不艳丽的。我一下子就熄火了，啊？是吗？那好吧，汉德克的写作一直受到毒蘑菇的复杂意象的影响，比如毒蘑菇的低调、平常，它不会引起我们的警觉，它欺骗我们，潜入我们的神经，控制我们的意识，就好比语言……这时，又有一个小家伙在旁嘀咕：汉德克说的是二百多种蘑菇，不是二百多种毒蘑菇。——好吧，算我没说，下次他来我请他吃云南菜。

瑞典学院对汉德克有一个简短的评价："他兼具语言独创性与影响力的作品，探索了人类体验的外围和特殊性。"

——关键词是"语言"。语言问题是我们理解汉德克的那把钥匙。汉德克有一个非常了不起的奥地利同乡：维特根斯坦。维特根斯坦启动了哲学在20世纪的语言学转向。关于人、关于人的存在，两千年来众多哲学家苦思冥想，提出无数说法，到维特根斯坦这里，他说，你们都想多了，都没想到点子上，关键在语言，人存在于语言之中。他的论述很艰深，这里不必细说，总之，他的看法深刻地影响了后来的西方哲学和文学，比如在汉德克这里，我们能够清楚地看到维特根斯坦的影响。

汉德克在中国最有名的作品是《骂观众》。2016年他来中国，所到之处，大家跟他也不是很熟，没有那么多话题可说，所以，一搭话就是请您谈谈《骂观众》。老头儿后来都有点烦了，说自己1966年刚出道的时候有一个《骂观众》，到现在五十多年了，又写了那么多东西，你们老提《骂观众》，这么些年不是白活了吗？

但《骂观众》确实重要，从《骂观众》入手，我们可以理解汉德克的根本想法和根本姿态、他的世界观和方法论。从那时起，他已经写了几十年了，他的风格当然有变化，但是，这个根本似乎没有变。

《骂观众》很简单，但是惊世骇俗。这是一个剧本，和我们所熟悉的戏剧完全相反，它没有故事，没有人物，没有情节，舞台上也没有布景，甚至就没有传统的舞台与观众的区分。从头到尾，就是四个人，站在那里，喋喋不休、夹枪带棒地骂观众。你们这些蠢货，你们要看的所谓戏剧，不过是"用语言捏造出一桩桩可笑的故事来欺骗观众，将他们引入作者精心设计的圈套"，你们"心甘情愿地受愚弄，毫无思想、毫无判断地接受一种虚伪的、令人作呕的道德判断"。

《骂观众》骂的仅仅是戏剧吗？不是的，从根本上说，汉德克是在骂语言。汉德克的创作起于对人类语言的质疑和批判。他和维特根斯坦一样，认为人存在于语言之中，我们之所以是个人，那是因为人类发明了、学习了、使用了语言，离开了语言，我们就什么都不是，就是没有自我意识的动物。语言是人之为人的根本条件。但由此也带来了一个大问题，那就是，语言是外在于我们的，是异化之物。语言不是我发明的，也不是你发明的，是我们学来的，是一整套社会的和文化的知识、传统、能力，强制性地传给你、教给你。你不学行不行？当然不行。在这个意义上说，我们的思想、我们的存在都受语言的支配，这种支配是根本的，是你自己意识不到的，越意识不到越根本，我们都以为是"我说话"，实际上，我们想想，在大部分，甚至绝大部分情况下，其实都是"话说我"，我们对此习以为常，我们意识不到。

所以，就要"骂观众"，就要通过这样的冒犯性行动，迫使你意识到这个问题。过去我们讲"灵魂深处暴发革命"，对汉德克、对维特根斯坦来说，灵魂深处在哪里？就在语言里。语言绝不仅仅是被使用的工具，也绝不仅仅是指涉及客观事物的符号系统，它不是中立的、透明的，它自带世界观和方法论。任何一种语言，它都积累、生成着复杂的意义，正是语言所携带的这些意义支配着我们的生命和生活。举一个简单的例子，法国作家罗兰·巴特在《恋人絮语》中曾经谈到，恋爱作为一种情感体验，它植根于一套恋爱话语，不是指向生殖的，而是指向精神的、隐喻的、游戏的这么一套话语。《阿Q正传》里，阿Q面对吴妈，有话要说，又说不出来，憋了半天，憋出一句："我和你困觉！"这就不是恋爱，这是指向生殖和找打。阿Q不是五四青年，他没有一套恋爱话语，他如果说"我想和你度过每一个夜晚"，那会怎么样？也许不会挨打，没准还能谈下去。电影里、电视里、小说里，凡恋爱言情，必须是普通话，用地方方言一定让人笑场，为什么？因为在中国，恋爱话语本身就是用白话、普通话、书面语建构起来的，我们每个人都是在语言提供的现成剧本中演戏。

　　如果仅仅是谈恋爱倒也罢了，问题在于，这种语言的力量，它会变为统治权力和统治秩序，它会从生命的根部驯服人，它会让你不知不觉认为女人就是低男人一等，穷人就该永远受穷，唯上智与下愚不移，等等。汉德克的作品，都是从这个问题出发的，都是从对语言的这种警觉和批判出发的，由对语言的批判，到对资本主义文化和社会的批判,到对人的存在的反思。从最初的小说《大黄蜂》开始,他就从根本上质疑传统的西方文学,认为那些小说,不过是为人们提供理所当然的、骗人的世界图像,小说作为一种语言方式、话语方式,是虚构的,但渐渐地,这种虚构入侵乃至支配和替换了现实。在汉德克看来,要造反,要革命,就是要从语言干起。

语言如此重要,它是人类存在的条件和根基,也是文学的条件和根基,在这个问题上干革命,肯定会带来很复杂、很严重的后果。

其中一个后果,就是汉德克认为,所有那些我们以为是小说的小说,有故事的、有情节的、有人物的、有命运的,等等,都是骗人的,都体现着语言造就的统治秩序。那么现在,你为了让人们觉醒过来而写小说,你怎么办呢?你必须写不像小说的小说、不像戏剧的戏剧。所以,读汉德克,你得准备好,你如果是一个19世纪小说爱好者,那你肯定会很生气,你倒不一定觉得他在骂你,但你肯定会觉得他在浪费你的时间。

另外一个后果更为严重,就是,你认为语言是人类的牢笼,使我们既无法认识自己,也无法认识世界,但同时,人又不得不在语言中存在,汉德克还得用德语写小说，那么怎么办呢？这不是无解的悖论吗？

在汉德克看来，这正是人的悲剧所在。在他的另一部戏剧《卡斯帕》中，一个人生下来，喘气儿，活着，当然这还不行，他得"通过语言真正地生下来"。于是就开始学语言，但是，"当我学会第一个词，我便掉进了陷阱"。卡斯帕这种进退维谷的命运就是人类命运的象征。可以说，汉德克的写作就是为了应对、反抗这个命运，把人从作为一种统治秩序的语言中解救出来，让人身上、人心里那个沉默的、无言的"我"活过来，发出声音，获得语言，不是"话说我"，而是"我说话"。

但是，"我说话"何其难啊，一个人去掉现成话语的遮蔽和支配，把自己、把这个所谓"主体"呈现出来，这是很难的事。这就好像我们自己，现在忽然发了疯，"惟陈言之务去"，排除所有现成的话，看见今晚的月亮你不要想李白、苏轼，不要想嫦娥、玉兔，你只把今晚的这一轮月亮说出来，赤条条、无牵挂地说出来；然后同样地，关于你的生活、关于你自己，你不要小说化、鸡汤化，你排除所有现成的意义话语，你说吧——我估计绝大部分人就无话可说了，反正我是无话可说，一台电脑卸载了系统，那还怎么运行？

这既是逃避和反抗——反抗语言的规训,同时,也是探索、发现——你不得不最直接地注视自己和世界,并找到、发明相应的语言。在这个过程中,你实际上是要成为自己的上帝,要有光,靠自己的光照出自己,创造自己,你自己把自己生出来,让自己长起来。在生活中,真要这么干,跟疯了也差不太多,所以,我们没必要这么干,我们读汉德克的书就行了。

但汉德克的书真难读啊。说老实话吧,我把他的九卷本摆在那儿,一本一本翻,每一本都没翻完,读不下去。当然,我本来就是一个深刻地接受了语言规训的人,而汉德克是"骂观众"的,是"骂"我的,他的小说不是回音壁,不是音乐会,他一点儿都没打算让我舒服,我舒服了他就失败了。尽管如此,我还是很好奇,想看看他如何通过语言把自己生出来,但在这里,又碰到一个问题,就是语言。瑞典学院所夸的语言当然是汉德克的德语,而我读的是翻译过来的汉语,从德语到汉语,等于过了一遍筛子,故事、情节、人物、命运,那还可能剩下不少,而这些在汉德克那里本来也没有多少,他有的是"语言",但偏就是这个语言,过完筛子就基本不剩下什么了。我读汉德克,总觉得结结巴巴、不知所云。咱也不敢说翻译有问题，而且我相信，汉德克的德语原文很可能也是结巴的、缭绕的，不会那么流畅，他本来就是要表现意识和主体的原初的生成，这种生成肯定是不熟练的，不可能顺口。这种语言瑞典人能看出好，看出创造性，汉语读者能不能看出来我就不敢说了。从译本来看，我读得最舒服的是《骂观众》，精确、流畅，是好汉语，但是我多少又有一点怀疑，是不是翻得太好了，少了一点原本的狂乱、粗暴？总而言之，我不能对你说我喜欢汉德克的作品，由此而来的一个教训是，人还是应该学语言，除了汉语，最好还要学外语。

事情就是这样，我认为我理解汉德克的理念，但我不知道我是否喜欢他的作品。而且，就理念来说，虽然看上去很本质、很尖锐，但我总觉得那近于屠龙之技——杀龙的技术，技术很高很新，但龙在哪里？或者说，在欧洲语境下，他的批判缺乏真正的政治性。我就是爱看个传统戏，虽然照你这么说，确实也有问题，但说到底是多大的事呢？值得你这么撒着泼地骂？来都来了，看你骂了半天了，那就鼓个掌呗，又是多大的事呢？人固然是生存于语言，一竿子插到语言上去，能搞出五花八门精致的理论，也能搞出各种惊世骇俗的当代艺术，但也很可能回避了现实的和结构性的社会政治疑难，沦为无关痛痒的撒娇。这不仅是汉德克的问题，也是欧洲，特别是西欧文学的问题。我在别的场合说过，西欧小说已经失去了动力，因为它的意识封闭掉了，自以为"真理在握"，它不再能面对真正的问题，不再经受人类生活严峻复杂局面的考验。

然后，考验来了，正好掉在汉德克头上。我一开始说了，他母亲是斯洛文尼亚人，虽然属于奥地利这边，但毕竟斯洛文尼亚民族的主体是在南斯拉夫。我们知道，20世纪90年代，冷战结束后，社会主义的、以斯拉夫人为主的南斯拉夫土崩瓦解，发生残酷的内战，这是二战后在欧洲发生的唯一一场战争，而斯洛文尼亚率先宣告独立，投向西方阵营，为这场战争拉开了序幕。后殖民、后冷战时代造成了世界上很多人在身份上的纠结、危机感，忽然南斯拉夫打起来了，换了别人也就是看新闻，看热闹，而汉德克，他妈妈也是斯洛文尼亚人啊，能说没关系吗？由此，我们也看到身份问题的复杂性，身份可不是身份证上的照片和号码那么简单，人有层层叠叠的身份和认同，比如我，是中国人，是山西人，是山西运城人，是山西运城芮城人，像个俄罗斯套娃；但我要是碰见河北人，我又马上变成了河北人、河北保定人、河北保定完县（今顺平县）人，因为那是我母亲的家乡。我的认同可能随境遇而变化和变换，认同与认同之间、身份与身份之间，很多时候并行不悖，你是个山西人一点不妨碍你同时是个司机、是个男人、是个父亲、是个中国人，但有时会发生冲突，会撕裂和断裂，特别是，在严峻的社会历史局面中，人很可能会陷入身份危机，某些自然的、休眠的身份可能被唤醒，人甚至会脱胎换骨，为自己发明新的身份，建构新的认同。比如汉德克，他身上流着斯洛文尼亚人的血、斯拉夫人的血，对他来说这未必是多大的事。但在眼前的这场悲剧中，他忽然意识到他不是看戏的人，他不是新闻的看客，他的批判性理念，过去是运行在语言层面、个人的日常经验层面，现在，他面对着大规模的杀戮、仇恨，面对历史和现实矛盾的总爆发，他身在其外，心在其中，他觉得斯洛文尼亚的事、南斯拉夫的事在一定程度上也是他自己的事。

于是，他来到了塞尔维亚、斯洛文尼亚、波斯尼亚，一路走过去，写了三篇文章：《梦想者告别第九王国》《多瑙河、萨瓦河、摩拉瓦河和德里纳河冬日之行或给予塞尔维亚的正义》,还有《冬日旅行之夏日补遗》。这三篇文章被收入了中文版《痛苦的中国人》,据说这本书卖得不错,因为大家看书名觉得和咱们有点关系,实际上没什么关系。这三篇我认真读了,对我来说,汉德克此前的作品如果是飘着的,那么这三篇就是他的锚,扎到了泥泞的、迫在眉睫的人类的困境和苦难中去,在极其复杂的历史和现实境遇里艰难地探索什么是真实、什么是正义。

南斯拉夫问题,确实极其复杂,上千年的一团乱麻,如果在这里说清楚,就不是谈文学,变成讲历史了,而我对此也毫无准备。简单地说吧,在当时,在西方舆论中,在西方知识界、文学界,关于南斯拉夫的内战形成了一个固定的剧本,牢不可破。在这个剧本中,塞尔维亚是邪恶的,是进行种族屠杀的一方,塞尔维亚领导人米洛舍维奇几乎就是一个小号的希特勒,美国人就是这样认为的,西欧人(包括德国人)就是这样认为的。但是,我们知道,汉德克对这种写好了的剧本根本不信任,那往往只是意识形态的统治秩序的产物,而就南斯拉夫来说,这套剧本显然是冷战的延续,不仅因为南斯拉夫曾是一个社会主义国家,更因为南斯拉夫、塞尔维亚是"斯拉夫",北边还有一个"斯拉夫",就是俄罗斯。现在,汉德克来到昔日的战场,从冬日到夏日,他面对着阴郁、沉默的人们,那些塞尔维亚人,那些被指认的罪人。给我的感觉,他的行文、他笔下的人依然是迟疑、艰难、不连贯的,但我想,这未必完全是翻译的问题,这也不仅是从空无中自我生成的艰难,这是一种被专横的话语暴力压制着、压制到沉默之后的艰难,是面对世界无话可说、知道说了也白说的无望和凄凉。在这里,汉德克对语言和文学的批判落到了土地上、落到了焦土和废墟上,扩展到对媒体语言、信息语言的政治批判,他发现西方媒体围绕南斯拉夫发生的事制作了一套远离真实、漠视真实的非黑即白的图景,深刻地控制着、支配着人们的思想,进而控制和改造了现实。在这里,虚构就是这样变成现实的,语言就是这样被抹去声音的。汉德克面对着这片土地上活生生的悲剧,他忍不住想象,一切本来可以不这样,原来的南斯拉夫或许能够构成第三条道路,各民族可以在其中和平相处,但是,在西方的推波助澜下,南斯拉夫被毁掉了,他说"这是一个很可耻的行为",进而,他站出来说:"我们也应该听听塞尔维亚人的声音,我们应该思考一下塞尔维亚人的正义。"

　　也就是说，汉德克并没有简单地站在斯洛文尼亚这边，实际上，就像刚才说的，斯洛文尼亚率先独立，迅速完成了民族和国家身份的转换，不再是"斯拉夫"，而是属于中欧、向着西欧。我的感觉是，汉德克对于这个民族如此轻率地转身是痛惜的，在他的眼里和笔下，这个新的国家如此轻佻，他一点也不喜欢德国化的斯洛文尼亚。他的认同经由斯洛文尼亚转向了原来的南斯拉夫，这使他的批判意识获得了一个支点：人们站在审判者和成功者一边，为什么不听听那边被审判者和失败者的声音？这到底是不是一个公正的、追求真实的法庭？

　　然后，汉德克就闯祸了，就被骂惨了。在大街上骂观众是要付出代价的，背叛他的西方精英身份和认同的结果是，汉德克成了西方文学界和知识界公认的"浑蛋"。这厮获得诺贝尔奖，他们气炸了：怎么能把奖给了这么一个家伙？他说塞尔维亚也有正义，他甚至参加了米洛舍维奇的葬礼！

　　在这件事上，我佩服瑞典学院。他们艺高人胆大，他们敢于发一回疯，以此证明他们没有失去语言和精神的弹性。虽然以我的知识，无法对南斯拉夫问题做出深思熟虑的判断，但这样一个作家，他一直力图自己把自己生下来，离群索居，艰难地让沉默化为语言，然后，在命运（对不起，他不喜欢这个词）来临时，他忽然发现，所谓"人类体验的外围和特殊性"在越出了资本主义世界的日常经验之后原来竟是不可触碰的，他走过去了，决意把自己放到困境中去，走进被放逐的人群之中。至此，被他生下来的那个自己，才真正走进世界。这个欧洲老炮儿，他让我想起阿尔及利亚战争期间的加缪，我因此喜欢他，尽管他在很多人眼里是个浑蛋，尽管他的大部分作品我其实看不下去。

汉德克，他也是维姆·文德斯的著名电影《柏林苍穹下》的主要编剧，在那部影片里，有一首诗一直回响：

"当孩子还是孩子时，走起路来摇摇晃晃，幻想小溪是河流，河流是大川，而水坑就是大海。"

"当孩子还是孩子时，不知自己是孩子，以为万物皆有灵魂，所有灵魂都一样，没有高低上下之分……"

2019年10月14日初稿
11月23日修改
11月27日改定

一次马拉松对话

——与李蔚超

李蔚超：到目前为止我都相信，考察您与文学的关联，至少须从文学行动、文学批评和文学写作三个维度入手。换句话说，您是党的文学工作者和领导干部，是批评家，是作家，三种身份神奇微妙地互相作用，影响着您的文学实践。所以，我试着从这三个方面提出问题，请您来谈谈。

李敬泽：哦，有的记者也喜欢谈这个，当然你知道他们的兴趣所在。我通常会回答他们，这没什么稀奇啊,你看看现代文学史,身份比我更复杂的比比皆是。只是在20世纪80年代以后,我们才完成建构,搞出一个单一的、第一性的、自足的作家身份,甚至是单一的小说家、散文家、诗人的身份。现在……好吧,我会认真地思考一下它们之间"神奇微妙"的相互作用——你知道,我更习惯于嘲讽自己,而不是塑造自己,谈论自己会让我很不自在,除非作为一个旁观者,看啊这个人!

我想你实际上是说,当一个人如此深入地介入文学生活的几乎所有环节时,他几乎自己就构成了一个场所或场域,在这里,事物会呈现出更复杂的面向。好吧,可能是这样,虽然我并没有想过这个问题。我现在还在编《中国现代文学丛刊》——对了,你忘了我还一直是个编辑——现在每个月看很多论文,我赞同洪子诚老师说的,文学史应该史学化,但是,我也常常感到,这种史学化可能也特别需要边界、限度的自觉,或者说对历史之"空白"、之"相对"的自觉。于是,一些学者试图重建历史的丰富性,重建一个细节丰沛的场域。我记得郜元宝曾经有此提议,王德威也试过。这就像以赛亚·伯林好像谈到过的那样,设法巨细无遗地重建罗马或者长安。但问题是,当引入越来越多的因素时,我们可能因为因素太多而失去了解释力。假设我们能还原生活，但生活实际上不能解释自身。

李蔚超：我明白，我也是受洪子诚老师教导和影响的学生。在"史学化""对象化"的文学体制、作家的研究中，人们在尽可能"科学""客观"还原历史现场的同时，容易被这种愿景给定的"科学性"与"客观性"限定、诱惑。比如，说到"体制"，似乎它就是一块不可动摇的磐石，是绝对的、权力的象征。然而，每个人都置身他的"体制"之中，细想任何"体制"的运转，既有规定范畴，也有偶然和突变——千山万水之外的我们，如何能在文本之外发现历史之"空白"、之"相对"？这无疑是难的。何况，文学总以一种自洽的方式在周而复始地运行着，这些都是还原历史的难处——以及您所说的"边界""限度"也是。当然，我相信，好的历史研究，可以在这些难度与限度中寻找到空间的。

李敬泽：我不知道。我知道的是，我看了那么多研究体制、研究文学生活的文章，觉得他们既不懂体制，又不懂文学生活——好吧，我可能说得绝对了。我的意思是，他们除了缺乏必要的知识、体验和必要的想象力之外，很重要的一点是他们已经有了一套先在的、刻板的，有时是愚蠢的定见，不管怎么分析，他们一定是从起点回到起点的。我就不明白了，这么多受了德里达、福柯训练的年轻人，怎么会老实、顽固到这个程度，像火腿一样。

写现实，需要一种"总体性"视野

李蔚超：好吧，现在我要先从批评家的角度开始了——2017年底，我找来所有的《人民文学》《收获》和《十月》，泛读了这一年的中短篇小说。我发现，从莫言、王安忆到面孔新鲜的"90后"作家，大家都在写着"现实"，小说可辨认地坐落在此刻的"现实"，有"朋友圈""微博"，也有"精准扶贫"，人物在"买房"致富或寻求"天使投资"。正如外部世界、意识形态和批评共同吁求的那样，作家正自觉攫取一种艺术形式以满足历史和文化的需要，去呈现与阐释现实。您如何看待这种状况？

李敬泽：这种"需要""吁求"和"自觉"都是自然的、正当的。当然这个"现实"并不是那么容易呈现和阐释。这一年我反复谈到总体性问题，我知道很多人都不怎么爱听，这伤害了他们自20世纪80年代以来形成的一系列基本概念或信念。但文学不就是这样吗？走着走着，本来以为解决掉的老问题换个马甲又回来了，成了新问题。不要假装没有"总体性"，离开一个总体性视野你谈什么"现实"啊？如果不是希望对我们所在的世界有一个整体性把握，你又何必为"现实"焦虑？你写一个小说，最后把人全写死，没一个好人，你以为这里没有你的"总体性"？

当然，我知道，一谈这个总体性，学理上就要从恩格斯、卢卡奇说起，必然涉及社会历史结构问题，在这里就存在很大分歧。但是，活人也不必被学理憋死，至少，一种中国之为中国的总体性、"中国故事"的总体性，一种中国1840年以来现代性进程之中的总体性是我们无论如何都要面对，都要回应的。而对这个总体性的把握，或者说，在这个新时代建构以中国为中心的总体性视野，这是对这个时代文学的根本考验。

这对作家来说当然有极大的难度。我们通常会把这个问题归结到思想上去，但我们是唯物主义者，你知道思想并非仅仅来自灵魂深处爆发革命，思想本身很可能是由你所处的社会结构、你的利益、你的社会交往和社会实践生产出来的。这就回到一开始谈到的那个话题，我们建构了、认同了一个单一的作家身份，身上叮叮当当挂着一大堆浪漫主义珠宝店里的大词好词，但那是神话。在中国，历史没有完结，无论文学还是作家这个身份本身都是历史实践的一部分，一个作家在谈论"现实"时，他的分量、他的眼光在某种程度上取决于他的世界观、中国观，他的总体性视野是否足够宽阔、复杂和灵敏，以至于"超克"他自身的限制。现在，在很多情况下，他可能只有一个狭窄的、被小资产阶级知识分子加传统文人的话语全面占领而沾沾自喜的世界观，当然，你可以说，那不就是窄门吗？但你都没看见千门万户，你只是迷宫里、朋友圈里的白鼠，你只是把前边即时出现的随便什么门当了窄门而已。你也可以说，像巴尔扎克那样，人生观是庸俗的、世界观是愚蠢的，但在恩格斯看来他达到了对时代的复杂把握。不过，我们同时得记住，巴尔扎克的艺术信念中包含着19世纪式的、西欧的、科学的、实证的对人和社会的认识伦理,这至少使他在做一个"书记员"时变得比他自己要大得多。

李蔚超:今年4月,您在鲁迅文学院第三十四届高研班的讲座中说到,过往一年中,那些面向现实的小说大多呈现了作家的"总体性焦虑"。当时,我顺着您的思路往下推演想到,焦虑的产生、传染和蔓延,至少意味着作家们意识到了已有文学的某种欠缺,对现状的不满足,才会焦虑不安,才会有打破旧时自我的可能。在您看来,这是不是作家们应对"极大的难度"的努力?

李敬泽:是这样的。一些评论家一听总体性就"花容失色",但你如果是个写作者,你面对着这个以巨大规模急剧变化的社会,你很可能会有总体性焦虑,会想这个时代、我周围的世界到底发生了什么。作家——在某种程度上我们每个人,都是既挂在生活之网上,也挂在意义之网上,而且作家就是织网人之一,没有总体性焦虑倒是奇怪的——那我们得是多么不愿负责的一群人呀。

同时,它之所以构成焦虑,还和作家的主体建构有关。我刚才说，我们为自己建构了一个"纯"的作家身份，不管是不是真的，是不是"装纯"，这都使得你与历史的关系，与正在展开的一切的关系变得恍兮惚兮。这个身份既"纯"又"空"，你天天告诉我们你在为人类写作，多么高大上，但愿你能跳那么高，但你总要告诉我们你从哪儿起跳、落下来掉在哪儿吧？不然掉下来砸着人怎么办？你是落在中国的西部山区还是落到了伦敦、纽约、布拉格？这里包含着作家的主体建构问题，具体到中国，中国文学本身就是中国现代性进程的一个重要环节甚至是重要动力，作家与历史、与时代的关系是一个不可回避的、不得不在文学的和主体实践的意义上回答的问题。

文学的"现实"也在历史之维当中

李蔚超：我记得，20世纪90年代时您就说，当作家追求向往远方时，便"任此在荒凉"。1996年，您在《人民文学》的卷首语提出，文学应该"留下这个时代的风俗史和心灵史"。"风俗史"说的是"小说可以把即时的、零散的眼光由片段引向对普遍和一般的关注。

也就是说小说提供了这样一种图景，它虽不是新闻，但却是新闻由此发生的总的背景和状态，它是表面之下的生活，千千万万的人就生活在这种生活中"；"心灵史"指的是"由一般的生活状态对人的精神处境，对时代最尖锐、最迫切的精神疑难展开有力的表现和究诘。同样由于大众传媒的发达，精神生活中公共空间和私人空间失去了平衡，人们或者完全把自己交出去，听任他人暗示和引导，或者把自己完全收起来，沉溺于隐秘的内心体验"。虽然我没有找到当时文学界对您的观点的呼应，在我看来，这份方案对20世纪90年代至今的文学仍是有效的。风俗、心灵、史，无一不是文学中的重要事项，既有向外无边的阔大，又有向内的精微，既是社会的、历史的，又是具体的、个人的、精神的，可是究竟如何能做到？如今看来，这似乎是艰难异常的。

李敬泽：那是我在《人民文学》写的卷首语。那时正值"现实主义冲击波"，刚刚发了《年前年后》《大厂》，然后就写了那段话。我同意你的看法，它所隐含的问题意识现在也是有效的。比如谈到了新闻、"事件"，1994年我已经觉得生活——其实是新闻——大于想象了；比如公共空间和私人空间的失衡，当然那时还没有网络，现在看来情况复杂得多。话都没有错，但"究竟如何能做到"当然是个问题。在世界的实际运行中、在每个作家或一个时代作家的写作中实际上有多到数不清的因素参与影响着最终形成的面貌。其实在20世纪90年代有各种各样的选择和尝试，文学史的论述是简单化的，博士和硕士们又没看那么多作品，他们倾向于在已命名的事件的视野中认识一切。实际上，在发表了《年前年后》《大厂》之后，包括看了《分享艰难》，我并不认为这是一个"现实主义"的理想状态，或者说，我感到需要谈谈我所理解的"现实主义"，于是，就以《人民文学》编者的身份写了那篇东西。那与其说是一个"方案"，不如说是"理想"。从理论批评的角度，我当然意识到《分享艰难》隐含的限度；而作为编辑，我当然也有足够的现实感，一个编辑最根本的现实感就是你无法让刊物停下来等待理想中的作品出现，你要一步不停地向前走，同时让前方敞开，迎接各种各样的可能性。实际上，就在那时，20世纪90年代中期，我发了诸如孙春平的《叹息医巫闾》、白连春的《拯救父亲》这样的作品，这是当时我们特别留意的一个方向,实际上就是后来的"底层写作",但是我对"底层写作"这样的命名始终有所保留。包括曹征路早期的作品,当时看出了这是左翼传统的复活,然后也发了一些。我想,这是向着某个理想作品行进,也是一个时期、一个时代的作家从四面八方向着"现实"的围猎,得其鹿者也不一定就是某个作家,这是一个社会对自身的认识过程。

李蔚超:我还要追问20世纪90年代那次文学的"现实主义冲击波"。1996年1月,《人民文学》推出了谈歌的《大厂》,您是责任编辑,这个作品引起了一波三折的评价和社会效应。我记得,您借用了20世纪90年代在国内颇有影响的哈贝马斯的公共领域理论,希望小说能提供一个公共空间,代表不同社会利益的个体在小说中对话和交流,在对话中各方力量达到交流、让步与和解。而有的学者则对这部小说提出了批评,他们认为交流、让步不可能是双向的,"分享艰难"只能来自某一方的一厢情愿,小说是在为当时的现实寻找合法性解释。

李敬泽：刘醒龙当时发了一个《分享艰难》，批评家们一下子闻到了腥味，专对着这四个字下刀。其实，在我的感觉中，20世纪90年代早期的精神有一个"潜"的和"前"的背景，没有形诸文字，但实际上一些人的想法变了。比如我1990年底被调到《人民文学》，那时还年轻，主要是闲着，也不是特别爱想事，又正赶上《人民文学》一个特别动荡的时期。当时编辑部里活跃的，是朱伟以及原来《中国》杂志过来的林大中、林谦他们。朱伟是一编室主任，我的上司，后来我接替了他。当时，他们经常在编辑部里讨论问题，很认真、很投入，作为不那么认真的旁听者，现在想来，他们有很明确的告别20世纪80年代的意识，之所以有这个印象，是因为多少有点诧异：作为编辑的朱伟是20世纪80年代新潮的一个主要推手。但后来我想我是理解他的，我也不把自己的那点坛坛罐罐很当回事。

大概是1991年吧，《人民文学》在太原开了会，我没去，朱伟他们去了，你要有兴趣可以查一查，但我估计很多观点、鲜活的东西报道里也不会写，这也是治文学史、思想史的困境，留在纸面上的常常是无关紧要的。我记得回来后他们很兴奋，状如打了仗，放了炮。

我记不住他们的具体观点了，但现在让我复述的话，我想实际上是要重建文学、知识分子与现实的关系，不是20世纪80年代那样的关系，而是一种新的关系。新的关系是什么呢？也许当时不是很明确。总之，我的意思是，文学和思想中的"现实"是在一定的关系模式中生成的，作为虚构的叙事形式，这个"现实"受到我们的利益、立场、想象、意愿的影响。这从20世纪90年代起变得特别醒目。问题不是出在能否"分享艰难"，而在于从那时直到现在，由于立场和关系的分歧，人们可能还很难分享"现实"。

也正是在这个意义上，我当时强调了"对话"。因为"现实"正以"问题"的方式呈现出来。1995年、1996年正是国企改革的关键时期，最终的方案还没有拿出来，但问题已经摆在桌子上了。那个时候，谈歌写了一个《大厂》，在读者中引起了较大反响，在我的编辑生涯中，进入20世纪90年代以后很少有作品像这样让人明确地感觉到它触及甚至凝聚了某种社会情绪。但热闹了一小阵忽然安静了，当然也没什么事，没有人来批评我，只是大家都不提了。但是，后来这件事又被提起来，这时调子就不同了，对这个作品是肯定的。其中内情我不是很清楚。但是，你知道后来很快大规模的国企改革就启动了。当然，现在看这是一个极复杂的问题，拉开二十多年的距离后，你要是有兴趣可以重读谈歌或刘醒龙的作品，这里是存在学术或思想空间的。

李蔚超：我的确很有兴趣。其实，在我看来，这次被称作"现实主义"的文学事件中包含颇为重大的问题，中国的现实主义是否从来不追求对外在事物绝对客观、精确、细致的描写和刻画？而在欧洲法国的福楼拜、俄国的托尔斯泰那里，这是必需的基础。打茅盾先生那会儿就不赞成自然主义，在他看来，暴露太多黑暗面不利于组织和形成民族意识。"五四"一代致力于现实主义写作的作家们也不断担心，过分写实的现实会陷入他们意图颠覆的现实逻辑之中，成为对现实逻辑的强化和再现。因此，从新文学之初的现实主义追求的就是按照黑格尔和马克思所说的，对更高历史阶段的充分认识，对"现实"抱有理性和超越历史的洞察，周扬从理论和政策上对此做了有力的强化。我们的文学可能从未真正期待"批判现实主义"要求的作家"作为独立观察者"的批判功能。我不知道，这是不是我们对现实表达和呈现处于困境中的原因之一?

李敬泽：有一件事我们就一直没太搞清楚，就是写实的那个"实"与"现实"的差别。写实之"实"，是经验，是此刻的，一定程度上是没有历史内容的，我们看到它，给它命名，但实际上它就是那种无法也无须自我解释的生活。它是未完成的，或者它就是被即时消费的，它永远不会完成。而"现实"，这个词当然遍布歧义，但有一点，从19世纪现实主义到社会主义现实主义，从恩格斯到卢卡奇，都认为它包含或者应该包含着某种总体性吁求，是历史的。

刚才你说："正如外部世界、意识形态和批评共同吁求的那样，作家正自觉攫取一种艺术形式以满足历史和文化的需要，去呈现与阐释现实。"但在我看来，我们是否真的理解历史和文化需要，是否打算去呈现和阐释现实，现在仍是一个大问题。这两天，我看朋友圈，觉得很有意思，中美贸易战正在打着，而我的朋友圈里或者在过清明节，或者在谈北大和沈阳。这是让人触目惊心的。历史，或者说那个总体性此刻以惊人的规模把它的面目呈现出来，但我们真的不知道它就是它，中国乃至我们的生活所赖以确立的那个总体性历史结构现在呈现得如此清晰，但人们并未意识到这和自己有关系，或者说，我们没有一个意识结构把它和我们自身联系起来。在这个意义上，我们所写的那个"实"是什么呢？你说的吁求是存在的，但我们很多人的历史意识正在沉睡。

我知道，谈起这个问题就会陷入烦死人的烦琐的文学论辩，每个人都振振有词。我们不妨展望一下，穿越到2050年，那时居者有其屋了，房价不这么高了，在那时我们现在写的一本关于买房之苦恼的小说是否依然有人读？我相信如果这个小说足够好，到时依然有人读，但问题就是，什么是它的那个"好"？或者说，我们这些批评家是怎样阐释它的，它在穿越历史时必定要缴纳时间税，要做账折旧，那么什么东西被放弃了，什么东西依然存留和生长？

这个存留和生长的东西究竟是什么？是人性吗？是命运吗？那么是否存在着非历史化的、恒常的人性和命运？如果不存在，我们为什么读《红楼梦》、读《西游记》还会深有感触？但《红楼梦》和《西游记》难道不是在持续的现代性阐释中不断获得新的历史内容和现实感的吗？

所以，我们还是不要谈《红楼梦》和《西游记》吧，我们只能在现代性背景下谈这个问题，是"经验主义"还是现实主义。是做经验的囚徒，无休止地吞咽和排泄更新、更奇的经验，还是"源于生活、高于生活"？你一定要让我回答的话，我只能说，那是一种历史化的人性和命运，历史化的也就是现实的。

我记得，1998年吧，我和李大卫、李洱、李冯、邱华栋我们几个做了一次对谈，在李大卫家里，大概谈了三天，每天谈，谈完了喝酒，最后华栋张罗着出了一本《集体作业》。前些天我重新翻了这本书，颇有一点感慨：一方面，故交半零落，我都很多年没见过卫老和李冯了；另一方面，我也得说，至今我们还没有太越出当时的思想范围。从"新写实"开始，"经验"被提得很高，20世纪90年代前期的律令是"新写实"加"个人写作"，于是经验还得是被界定的"个人经验"。那时我们反复探讨了"复杂经验"问题，这个概念我记得李洱特别爱用。至少在我看来，个人经验仅仅是一个理论拟想，是从外面画了一个圈，这个圈当然是画不圆的，它是对着宏大叙事来的，它要切断与历史的联系，相应地，就是我开始讲到的，是作家对自己身份的重新建构。但1998年我们都意识到这里有问题，所以要给它挂个秤砣或开个口子，叫复杂经验，叫个人经验中的社会历史深度，现在看是不是有用？我也不知道。

巴尔扎克和福楼拜都不是处心积虑的"批判者"，当你谈到作为"独立观察者"的批判现实主义作家时，我想我们是在20世纪80年代以来的语境中把问题极大地简单化了。巴尔扎克一辈子都想进入主流，真正给他们力量的是，他们都有一种"书记员"或者人性与社会的"客观观察者"的信念和伦理。我反复讲过，我们的现实主义缺乏一个科学主义根基，而这恰恰是19世纪——至少是法国的，乃至西欧的现实主义的一个隐蔽的源头，后来到德里达、福柯那里的"作者已死"不是偶然的。我们的现实主义天然地与俄罗斯血缘相近，这是大家很少注意到的事。科学的、客观的等等，其实在根本上都是承诺着一个更高的真理，柏拉图式的东西，在这个真理面前个人是渺小的。而狄更斯那样的英国传统也叫"经验主义"，但那种"经验主义"不是对个人经验的崇拜，恰恰相反，它预设着对人类经验的宽阔和复杂的公正理解，不一根筋，不追求不死不休的效果。

我曾经谈到安东尼·伯吉斯对美国人的嘲讽,他在谈起因为《发条橙》美国版而和美国人发生的纠纷时,曾经嘲讽美国人根本不懂什么叫对人性的公正。而因为公正,即使《呼啸山庄》都是充满叹惋和怜悯的。我小时候看电影《蝴蝶梦》——你没看过吧,好吧,这就是代沟。那是达夫妮·杜穆里埃的小说《丽贝卡》改的,女主角是琼·芳登,男主角是劳伦斯·奥利弗,他娶了费雯·丽,就是《乱世佳人》里的斯嘉丽的扮演者——好吧,扯远了。我小时候看这个电影时就感到这个故事——也是家破人亡——其中自有一种宽厚,是回忆的、伤感的语调,好像说,本来可以不这样的,怎么就这样了呢?这种调子我印象很深,我们现在的小说里杀了那么多人,你却很少能看到这样的调子。

在俄罗斯那里,当然也存在一个更高真理,但这个真理并非来自科学,来自客观,而是来自某种反现代性的心灵、来自俄罗斯的乡愁。我觉得你可以研究一下,周扬他们在一定意义上都是俄罗斯谱系下来的,当然这里有很复杂的变异。我对俄罗斯谱系充满敬意,我是想说,当我们接受俄罗斯谱系时,我们可能是把它的某些因素,比如"圣愚"的传统、"民粹"的传统和我们传统中的某些特质加在一起放大了或扭曲了——于是，在一些人那里，所谓"批判"不过是愤世嫉俗和发牢骚而已。它既不客观，也不公正，但看上去很激越、很极端、很过瘾。

——没有什么简单的药方，我并不是在推荐19世纪的法国方案或英国方案，我也并不认为俄罗斯方案有多么糟。想一想吧，你很难想象一个现在的中国作家会写出《战争与和平》那样的结尾，他怎么肯让娜塔莎和皮埃尔好好活下去，这越出了他的世界观，他觉得这不够酷，不够彻底。我只是说，你所说的，茅盾那一代作家的选择不是没有道理的，他们的方案还没有得到足够的理解，实际上，他们深知我们是多么容易"和光同尘"或者"愤世嫉俗"，他们标举总体性是为了让我们比自己大一些，不是世人皆醉我独醒的妄想狂式的大，而是在历史、世界和实践的规模上建构自己的主体。

人的道德选择，是内心体验，更是一种社会行动

李蔚超：嗯，提问的方式往往预设着答案，我把中国的现实主义与另外一种欧洲写实主义做出对比的时候，我正在预设着自己的疑惑甚至对某一种方案的肯定。

您说的《战争与和平》的结尾问题,让我想到另外一个大话题。如果说文学话语是一个"大数据"库的话,"人性"算得上是"热搜词"。说起"人性",大家再熟不过,钱谷融先生早就告诉我们,"文学是人学"。什么是"人性"?20世纪80年代至今的文学界,刘再复先生的人物"性格二重组合论"落地生根,瓜瓞绵绵,生长出无数小说的果实。许多时候,我在当代文学中读到的"恶",是难平的欲壑、"厚黑"的政治、恋己的孤独,作家对人性的理解和呈现,颇有"张爱玲式"的遗风余韵,小奸小诈,小阴小暗,以致误打误撞,误国误民——新历史主义小说在这条路上走得很远。大家都知道,都在讲,您也讲过这样的观点,就是说,我们的文学缺乏对"善"的想象,文学在否定了人物的"善"的同时,也在否定"善"的存在。

李敬泽:二重组合论在20世纪80年代语境中自有其意义,因为在那之前是阶级论派生出来的简单的二元对立。它提供了一种方法论,让我们认识人性的复杂。在20世纪80年代以来的小说中,沿着这个思路也确实扩展了我们对人性的想象。

但是，作为一种理论，二重组合论肯定是另一种简单化。它把这件事变成了一个烹饪问题，甜的加点苦的，酸的加点辣的。这件事当然比炒菜复杂得多。耶稣说，无罪的人可以扔石头，这里隐含着一个终极疑难：不在于是否判断、谁能判断，而在于如何可能判断。这当然不是说不判断，在耶稣那里，判断的权力归于超验的上帝，而离开了人的具体和整全你是无从判断的。在法律意义上，你必须把人的整全简化掉，定罪则罚。耶稣的问题在某种意义上是一个文学问题，他发出反求诸己的吁求是要在整全的因而必然是具体的生命状态中认识自己和他人。

但是，我们都知道，我们的根本问题是，我们已经很大程度上放弃判断，放弃想象和认识善，也放弃想象和认识恶。为什么这样？当然不仅是和二重组合论有关，更主要的是由于20世纪80年代以来历史语境的变化。你所说的"小奸小诈""小阴小暗"乃至"厚黑"和"成功学"，在一个世俗化、商业化社会中经历了个人的、私人的、"理性经济人"的伦理上的"脱敏"，同时又和我们传统中那种"世情"趣味混在一起，发扬光大。于是，关于人，我们已经放弃判断，一切都是"人性"，而且一切都应该"人性化"，这真是一个有意思的词，似乎人性有自然的正当性。按这样的思路，希特勒如果爱孩子、爱狗我们是不是就不能说他是个恶人了？只有当我们在新闻里看见一个凶残的杀人案时，我们才忽然意识到有"恶"，而这"恶"变成了一种不可理解的戏剧性的偶发事件，而看到一件"善"事时，我们当然说那是好的、善的，但我们实际上也是把它理解为所谓"人性"的偶发例外。

考虑到文学或广义的文学包括影视戏剧在当下中国文化中几乎是人们唯一的内在生活途径，在这个问题上，文学负有特殊而重大的责任。别一谈二元对立就一副受了惊的样子，你想一想，一种不能想象和处理善与恶的文学是什么样的文学？一种废弃了崇高、英雄这样的文化是一种什么样的文化？一种不能坚持对自己提出这个问题、展开这种想象的文明是什么样的文明？拿走了善与恶的"人性"又是什么样的人性？问题不在于我们是否要去确认善或确认恶，问题在于我们是否有能力和如何有能力去认识和想象善和恶。人的道德选择是一种在复杂境遇中的实践活动，它既是内心体验，更是一种社会行动。在这个意义上，它确实就是文学的一个根本主题。

李蔚超：我理解您的意思是，在今天，文学与艺术，仍然不能如同新闻读者或网友一样，以"人性"之名放弃对善恶的想象与追诘。我还记得您说过，"不存在抽象的人性"，我们不轻言善恶这么简单的标准，您说过，在今天的时代下，一个互联网、数据化的时代，人性有了许多新的表现。您如何观察和理解这些人性的新的表现，您觉得，文学又能如何去呈现这样的复杂人性？

李敬泽：善恶哪里是简单的标准？善恶是列祖列宗想了几千年，越想越复杂，但一直不屈不挠想的问题。我一再说，它的复杂就在于不是孔子定几条纲常、摩西定了十诫就能解决的，它一定是在社会历史条件下、在人的复杂而具体的境遇中每时每刻成为新问题，每时每刻等待着抉择。对文学来说，真正复杂而困难的是何以判断，也正是在这个意义上才有了《罪与罚》《卡拉马佐夫兄弟》。

互联网、大数据的时代，人性当然有很多新的表现，当然也不仅是善恶，排除善恶这两个维度是不对的，但人性当然不能截然简化成这两极。还有很多命题，比如速度感，我们现在对时间的感受与20世纪80年代有天壤之别。比如一个人如何区分他的公域和私域，什么是隐秘的、羞耻的，什么是公开的、可炫耀的，等等。在互联网时代，文学当然要深入地研究这些人性的变化，这不仅是内容问题，也是形式和语言问题。顺便说一句，我们总是在谈经验的复杂、人性的复杂，临汪洋而浩叹，但也要警惕，不能为复杂而复杂，复杂到自我瘫痪的程度。文学不是写了半天就是要熬成一锅糨糊，而是要把复杂的、难以言喻的东西有力地表达出来，给它语言和形式。

文学史不仅要经典化，也需要一种中间态意识

李蔚超：然后，我想从批评说到您的文学创作。我记得一位作家开玩笑说，经常和您同台开研讨会，您对作品的褒贬态度，需要费一番思量去琢磨。当然，有人会说那是"中国式研讨会"的外交辞令——

李敬泽：哦，那不是外交辞令，是很认真的。我只是不习惯那么暴土扬尘地对某个作品表态。同时我也觉得，研讨会就应该研讨，应该是一个多端的对话场所，作为经常在会议开始时致辞的那个人，他应该谦卑，他不应该把自己弄成关于某个作品的合唱团的领唱。

李蔚超：在您的批评文本中，我同样看到了意义的多义性或衍生性，与其说是"李敬泽式"修辞的多义性使它摆脱了时间的纷扰，不如说您把意义交付给过往文学自身有待言明的历史性，谁想恢复那种意义的直接性，都会沦为神话制造术。您的批评是感悟式、不命名、不造神、与时间同质的。简单说，您把"新"的作家、作品、观念带进文学场，但您并不去参与"经典化"的过程，我不知道我说得对不对。

李敬泽：真是有学问，我都快被你绕晕了。对"经典化"这个词，我本来也无感。我觉得这是教授们的阴谋，他们把阴谋搞成了阳谋（笑）。"经典"，加上"化"，充满了等级、权力的气息，披着大主教的袍子。曾有人建议我仿照哈罗德·布鲁姆,像他写《西方正典》那样写一本中国现代传统下的类似的书。我没有他那样的本事,但是我也认真想了一下,发现我面临着比他还大的难度。当然《西方正典》在西方,比如在美国,也并不那么"正",布鲁姆之所以要写它就是要和政治正确、"憎恨学派"吵架,也是吾道甚孤,倔老头子一个。我不知道他老人家是否喜欢特朗普,特朗普和他有共同的敌人,他们是否因此就是朋友?这是一件有意思的事。在中国当下的文化语境下,确立一个现代的正典谱系面临更多的断裂和冲突,文学史也还要经历各种观点的重写,乃至重写的重写。经典化是一个历史过程,这个历史决不仅仅是文学史,这是文学与大历史的对话。这个对话还远没有结束,所以还是耐心一点,是不是"高峰"人民说了算,时间说了算。

中国当代文学的发展中有一个很特殊的问题,大家很少谈到。研究了半天体制,教授们也想不起研究自己这个体制。许多大学都有中文系,中文系里有一个当代或现当代文学专业,当代文学被现代文学看不起,更被古代文学看不起,然后就得证明我是学术,就要历史化,就要写当代文学史。对此我并无异议,我自己编

《中国现代文学研究丛刊》,一上来也要昭告天下,以安众心:这是一本学术刊物而不是评论刊物,一定要有学术品质,即使是当代也要做成学术。但是,这个当代文学史是敞着口的,一敞就敞到了2018年的今天。这个问题一开始就存在,关乎当代文学这个学科是否成立,所以很多学者重兵防守,做了很多工作。现在看,问题似乎不大了。但我有时觉得,问题只是被搁置了而已,这个"敞口"不仅涉及历史哲学和历史编纂,更重要的是,我们这些活人都还活在这个敞口里,也就是说,这个当代文学史一直处于未完成或待完成状态,这里边就存在复杂的张力,已有的历史要收编生活,而生活本应该创造历史。

现在看,学院体制的力量还是很大的,有很强的规训作用。新时期文学至今也不过四十年,但现在的作家却很可怜,文学史随时准备审核他们,收编他们,螺蛳壳里做道场,要在这个尺度非常有限的文学史叙述中找位置,定方向。有时场面很是滑稽,比如最近一次会上,一群人严肃认真地讨论余华、苏童的意义,先锋文学是否终结等等问题,我忽然觉得这是滑稽的,余华、苏童都才五十多岁,龙精虎猛,刚才还一起吃饭,一转身我们大家就一起把他们历史化了,立成了航标,他们再想乱动简直是跟我们大家过不去。

这也涉及当代文学史怎么写的问题,我有时觉得我们是急于立框架、下结论、打封闭,言之凿凿。好好的胳膊腿,打了封闭就血脉不通。我们上次曾谈过历史意识问题、总体性问题,我认为文学一定要向着总体性敞开、向大历史敞开、向中国1840年以来的现代进程敞开、向文明的未来命运敞开。一些朋友一谈这个总体性就"花容失色",但同时,只要是写史,就难免要致力于建构一个文学自身的总体性,搞出它自身的一小套宏大叙事。

这种既敞口又封闭的当代文学史对当代文学会有什么影响?这恐怕也是当代文学学科的特殊问题。你研究先秦两汉,就算有影响也是层层传导、无迹可寻;你做的是当代,一直做到今天,你不仅是把今天归档,你的叙事和逻辑也会形塑今天和明天。我们每年都随着当代文学的延伸自我"作古"或"被作古",天长日久,中国作家关于文学的所谓"历史意识"就特别强,它通过中文系、学院、大学等体制化力量,变成了此时此刻作家们的强迫性焦虑。

当代文学史始终存在着一种危险,它面对古代、现代本来是自卑的、不好意思的,但拼命地自我确立也可能演化出一种狂妄傲慢,把文学变成了一个自律自足的"小世界",好像它独有一个自我完成的历史逻辑,看不清也要发现出来,否则当代文学史怎么写?由此带来的不仅是学术问题,它还会反过来影响活的文学的发展;它不仅关乎如何认识过去,还内在地影响着我们的自我认识和战略战术,规约和限制着我们对未来的选择和行动。

——怎么扯到这儿来了。好吧,我想我的那些文字的确是与时间同质的,它的方向是现在和未来,仅此而已。

李蔚超:说真的,我不相信作家真的会面对"文学史"写作,他们可能有"影响的焦虑",有成名的焦虑,有名垂青史的焦虑,但是,我不相信他们会面对文学史去写,他们只能背对着历史向前走。

李敬泽:是的,很少有作家会天天琢磨怎么跻身文学史,在里边占一章或一节。当然,影响的焦虑也是正常的。问题的要害不在这里,而在于,某种延伸到现在的历史叙述会内在地影响他,会让他不知不觉地把自己放到这个叙述的延伸线上去,进而自觉地进入这个叙述逻辑的"下一场"。但这种叙述其实必定是非常相对、非常有限的。

李蔚超:"经典化"这个学院气场十足的词,可能触动了您对文学现场、当代文学史研究现状的一些思考。其实,当代文学学科在洪子诚《中国当代文学史》问世之前,大家也经常提出或接受一种质疑——我们是否可以为"当代"撰史?理由也包括您说的,一位作家、一部作品,去今不远,是否经得住人民和时间的检验?是否能"经典化"?洪老师的"当代史"之所以令人信服,就是他将20世纪50—70年代的文学进行了"历史化"研究,在历史结构中观察文学的生产、作家的身份、文学的评价与传播等等,当然,这一切的前提在于那三十年是一段相对闭合的历史。然而,20世纪80年代至今的当代文学则无法轻易如法炮制,一旦急于截流出一个水库,闭合某段时间使之"历史"化,就会出现您所讲的问题。当代文学史的书写显而易见也离不开那条律例——"所有当代书写的历史都是当代史",好的历史化研究和文学史写作理应携带鲜明的当代意识和观照。

李敬泽：我也认为洪子诚老师倡导的历史化方法很重要，当代文学特别是十七年的研究由此获得了坚实的学术基础。但敞口问题依然是当代文学史的"阿喀琉斯之踵"。我们所作的这个当代文学史，至少从新时期开始或者从20世纪90年代开始，它就是处于一个未完成的、动态的过程中，"历史化"面临着特殊的困难。这可能恰恰意味着需要发展出一种足以应对这个敞口的历史意识、方法和规范，一种主要不是经典化的，而是批判性或批评性的方法，一种中间态的意识。在这里，历史不是封闭的，而是正在被能动地创造。最近又读了一遍马克思的《路易·波拿巴的雾月十八日》，如何将当下纳入历史，如何以历史的方法解读当下，我觉得马克思的路径我们可能还没有认真地往下走。

文学批评，是文学见证、文章实践，也是发问

李蔚超：这也是我对您的《见证一千零一夜》着迷的原因吧，我不知道您是否视之为自己的批评代表作。

在我看来,这本书是一种新鲜的"月记体",是回到字面意义的"史",又记言又记事,按时间顺序记录了新世纪前三年的文学现场,由您遴选的作家、作品、现象,在今天看来,就是一部独特的李敬泽的"文学史"。您的意思是,这些作家、作品好,值得记一笔。

李敬泽:我也比较喜欢这本书。当初《南方周末》来找我,说他们想开一个专栏,叫"每月新作观止",不知怎么就想到了我,此前我也不认识他们。那时《南方周末》影响很大,我那时年轻好事,一口气写了将近三年。作为批评家,有计划地持续做一件事也只有这么一次,虽然这计划本不是我的计划。

我从来没有想过这是李敬泽的"文学史",当时没这么想,现在也没这么想。但是我喜欢你这个说法:字面意义上的"史",和刚才所说的史不同。古代的史官做春秋,后来做起居注,都是在时间之流的"此时"记录他认为有意义的事。但是,虽然写的是此时之事,他心里却是有史的。在他看来,今天是而且应该是历史的延续甚至回归,他拥有一套确定不移的标准,据以筛选、整理和阐释事实,把今天归档,归入传统和过去。

但是，我认为当代文学属于中国现代的宏大历史进程，它正在向着未来生成，我要做的，固然是注视此时，但不是为了把它归档。我心里并没有那么一套秩序井然的文学史。我很佩服有的批评家，他看到一个作品，马上就能由此追溯到当代和现代的哪个哪个作家上去，我没有这个本事。我是野狐禅，我看到一只兔子不会想到考察兔子的祖宗，它和它祖宗的关系也许重要，但我考察不出来，我关注的只是兔子和树的关系、和猎人的关系、和风吹草动的关系，以及兔子自身的状况。我如果是一个史官，也是力求对现在和未来负责而不是对过去负责。

李蔚超：批评家的集子，大多少不了一些即时文章、"场合"稿，《见证一千零一夜》的写作、体例不太常见地携带了"文体意识"。时隔多年读批评集子，选哪个，评论谁，最能看出批评家的识见，《见证一千零一夜》里，您谈到的作家大多文学生命比较旺盛。

李敬泽：我的"场合"稿也不算少。但《见证一千零一夜》里，真没有什么凑合苟且，作家和作品应该都是我当时喜欢的，觉得有意义的。尽管开专栏是被动的，但真写起来，我把它当作个人的主动的批评行为，我自己的菜园子还不能随我的意，还要讨大家欢喜？我这个人，是不是好批评家难说，我也不怎么自信，但我是个好编辑，对此我比较自信，我知道什么是真正的才华。

李蔚超：《见证一千零一夜》里，我发现您关注的一些文学问题的最初端倪。比如报告文学，作家过于不自律的主观叙述，可能背离了求"真"务"实"的初衷，于是，您提到了"非虚构"——这距离您作为主编主导《人民文学》杂志推出"非虚构"栏目，还有八年左右的时间。比如，您对"70后一代人"命名有些迟疑，并追问，难道我们每过十年就要用年代为作家命名吗？很遗憾，现在还是这样命名的。诸如此类，不一而足。这一方面证明了我们并不陌生的结论——今天的文学还在20世纪90年代的延长线上，问题的起源、我们提问的方法，都是一脉相承下来的；另一方面不得不说，很多文学问题，我们至今含混未决，面对文学现场，我们也没有提出更多十分新颖的问题。

李敬泽：是的，我常常感到太阳底下没有什么新事。"N零后"的搞法现在还在搞，反映了我们正在一个乏味的轨道上滑行。比如最近大家好像热衷于谈论"70后"作家，他们夹在中间，不上不下的，很焦虑啊。不过我的感觉，这和当初谈论"60后"也没什么区别，提出的问题、基本的思路是重复的。演员换了，剧本没变。代际问题虽然通常生产不出什么东西，但大家对这个生产过程还是乐此不疲，它使我们找不到真问题，忙于鸡毛蒜皮。经验的表面差异真的那么重要？李白比杜甫大十几岁很重要吗？或者鲁迅比老舍大多少岁这里边有真问题吗？再过一百年，你我在后人眼里稀里糊涂都算一代人了，这里真的有那么多话可说吗？在这个时代，余华面对的问题，和徐则臣面对的问题，和张悦然面对的问题，真的有多大差别吗？

李蔚超：《见证一千零一夜》在风格化的美文式语言上，说是一本散文集亦无不可。也许，我们辨析文体的意识和世间一切规则一样，削足适履在所难免。我记得在梁鸿《梁光正的光》的首发式上，您评述她的写作，提出了一个观点——一个写作者最初的文体、写法，对他这一生的写作是有影响的，这就好像弗洛伊德的理论，琢磨琢磨总有点令人梦醒心惊的道理。

李敬泽：就文学创作来说，很多事都是天经地义地那么顺口说着。比如，小说、散文、诗歌、评论，这些文类以及其中更加细分的诸体，这本身就隐含着对你的规约和规训，文类之间的关系和由此形成的秩序是一种复杂的建构。现代以来，小说、散文、诗歌、评论都经历了一个建立合法性的过程，小说，特别是长篇小说当然是最大的赢家，这个时候你选择做一个小说家，不仅和你的才华禀赋有关，也不仅和风尚风俗有关，这本身就意味着你进入了一个资源更丰沛、更具文化势力的场域。在这方面，研究得不多，一个人选择什么文类通常被默认为一个给定的事实，没有更多的话可说。在这个意义上，鲁迅是最有意思的，他几乎是自己为自己创造了一个文类，就是杂文，他已经是小说家，是散文家，是学者，他觉得还不行，他要写另外一种文叫"杂文"，这是很有意思的，最近学术界对此也有一些很有见地的分析。

我自己的评论常常被人谈论文体，人家大概也是觉得没什么别的好夸。对我来说,怎么写的问题确实一开始就是一个重要问题,你知道,我连硕士都没读过,没受过什么学术训练,人家老说我的文章没有论文腔,其实是想有也有不成。写评论也不是非要写,立了个志向要当评论家,而是种种因缘际会,信马由缰写起来了。所以,这确实是未经规训的"野狐禅"——远藤周作有个庵号叫狐狸庵,我很喜欢,请人也刻了一方印。我又是个编辑,写评论的时候难免特别在意那些现场性、感觉性的东西,更像一个读者。另外很重要的一点是,我的评论主要是给报纸写,报纸的编辑女士们很高兴,她们总算找到了一个说话让她们和她们的读者听得懂的批评家。所有这些因素加在一起,随心所欲而逾矩,而炫技,辞达而已乃至辞胜于理,就写成了这个样子。

当然,就个人的气质禀赋而言,我这个人什么"家"也不算,但如果你说我是个杂家,我倒是夷然受之。我对越界的、跨界的、中间态的、文本间性的、非驴非马的、似是而非的、亦此亦彼的、混杂的,始终怀有知识上和审美上的极大兴趣,这种兴趣放到文体上,也就并不以逾矩而惶恐,这种逾矩甚至会成为写作时的重要动力。

我有一个根深蒂固的定见，现代以来，我们一大问题是文类该分的没有分清，不该分的分得太清。首先，什么叫该分的没有分清？你看看每年的高考作文题就知道，我们根本就没想清楚考的到底是什么，是文学还是文章？如果是考现代意义上的文学，大家都来写文学散文，那么在一个现代社会你有什么必要强行培养亿万文青？如果是考一般意义上的文章，那么这种文章的目的何在？它的文化功能何在？它的实用的、伦理的、审美的规范又在哪里？这些都没有想清楚。作为考试来说，还真是远不如八股文。

其次，不该分的分得太清。我们太知道什么是小说、什么是散文、什么是诗、什么是评论，小说越来越像小说，散文越来越像散文。这个被像的柏拉图式的抽象理念又是什么呢？不过是一些很low、很简陋的清规戒律。

期待诸子式包罗万象、纷然杂陈的文学

李蔚超：您做批评时，是不大下判语的，大多发问式地提醒作家、读者，这里是不是还有如何的可能？大家一起去想吧。现在的您，时时宣布退出批评行当，专

心当作家。我觉得即便您说,我要写作啦,我不要做文学批评,您还是隐隐有找个前文本对话的习惯,在对话中使智慧蔓延开来。《青鸟故事集》《咏而归》把历史视为前文本,借题发挥,浇一己之块垒。《会饮记》中,您在文学生活中遇到的每个人、每件事,一场研讨会、一本书、一次展览,都可以是您对话的对象。就连您自己——作者李敬泽,也索性设一个第三人称"他"。这个自己跟那个"他"对话,今天的自己和彼时的"他"对话,自我的不同面向也在对话中徐徐打开——就像您的批评文章里,常常借巴赫金的理论倡导一种对话的、众声喧哗的小说。

李敬泽:嗯,我的理论功底不好,和你们这些年轻批评家没法比。除了马恩的文艺理论,20世纪80年代有一阵子读卢卡奇比较多。20世纪90年代早期,游手好闲,读了一堆巴赫金、本雅明、福柯,那时福柯的译本中国大陆很少,都是花高价买中国台湾版。这些都读进去了,也很喜欢。这两年读柏拉图对话,也觉得气息相合。我想,对话确实是一个根本问题,对我来说,这是思维习惯、感受方式,是想象力和理解力,也是与世界、与自我相处的方式。就批评而言，我觉得这更是内在的批评行为，关乎批评的根本意义。批评家也就好比苏格拉底，他坐在这里，以尽可能多的方式打开文本，把读者带进一场活跃多端的对话中去。批评家不是法官，他即使是法官，也是那种审慎明达地引导着陪审团的法官。

　　至于《会饮记》，我不太倾向于把那里的"他"确切地设定为另一个"我"，"他"不是我的镜子，如果是也是"风月宝鉴"。"他"若是我牵着的狗，大部分时间我是放开了绳子随"他"跑去。当然，现在看，我还应该给"他"更多的自由。正如你所说，我希望"他"是柏拉图对话里那样一个戏剧角色。——读柏拉图的对话你会看到，戏剧真是希腊文化的隐秘核心，戏剧是理性的变体，或者理性就是戏剧的变体。在这个意义上，新时期文学以来，最内在的艺术事件，不是什么先锋之类，而是反过来说，是对话的、戏剧的精神的早衰。这样一种精神，在我们这里还没来得及展开就被pass过去了，没有经过拉伯雷、狄更斯、陀思妥耶夫斯基、托尔斯泰等等，直接就跳到了卡夫卡、博尔赫斯。

李蔚超：上次在北大采薇阁的读书会上，中文系的"90后"同学纷纷给您的《青鸟故事集》和《咏而归》命名，认为这是一种"杂"文体，是一种"集结了叙事、虚构、议论、抒情、说理甚至俏皮话与插科打诨的综合性文体"。博士后路杨的发言，在我看来颇有见地，她认为鲁迅的杂文、《酉阳杂俎》和《咏而归》的审美性在于"内在的紧张感所带来的特殊的阅读快感，这与多种文体及风格在文章内部的杂糅状态及其在形式层面上的角力有关"——这多少解答了《咏而归》妙趣横生的可读性来源。在我的观察中，您一直不崇尚"纯"的文学，好多年前，您在《人民文学》的卷首语中谈到，小说生长自喧哗的市井而不是冰封的古堡，您期待着"子部的复活"，您是否在召唤着与"纯文学"不同的、之外的"杂文学"？

李敬泽：我确实不喜欢"纯文学"这个说法，那是因缘际会的建构，早就站不住脚了，很多人都谈过，我完全赞成。与"纯"相比，我喜欢这个"杂"字，它让我想到鲁迅的杂文和鲁迅的"杂"。对这种"杂"在中国文学的现代转型中的意义，我们还没有充分认识。大家，不论是说了的还是不好意思说的，都觉得鲁迅那么伟大，他要是继续写小说多好啊，写长篇小说多好啊！实际上我们都认定长篇小说更伟大，鲁迅需要长篇小说的伟大来证明他的伟大。但我觉得，长篇小说这种作品，鲁迅写了固然好，不写也没什么，我很怀疑鲁迅真的打算写长篇，他从他的生命体验、从他的文化境遇包括当时的媒体条件里——没有那个时代报刊的发达就不会有杂文——还从更深远的由汉到魏晋的脉络里，为自己开辟了一条新的文章之道。鲁迅的"杂"其实是回到诸子的一种现代的诸子之道，从他的小说、散文，从那个非驴非马、令人困惑的《故事新编》，到《野草》，到杂文，到小说史，我觉得鲁迅并不认为这是在做着几件各自分明的事，不是现代文类分工下的跨界经营，这是诸子式的包罗万象、纷然杂陈。所以你看，鲁迅对周作人、林语堂他们搞晚明是不以为然的，这里固然有关系不好、气质不合的原因，但更重要的是，周作人他们要建立一个现代散文的法统，往前边找合法性，圈出一块地来说，这就是散文。而鲁迅对这个不感兴趣，在他看来这未免小了，他是要回到韩愈之前，回到"子部"。

有一次磨铁出了一套年轻人的小说,请我去站台,说顺口了一张嘴就说了一个"子部的复活"。那些年轻人算不算"子部"另当别论,但我自己很喜欢这个说法,一直想写一篇文章细谈。对于现代的文学散文,周作人他们起了很大的建构作用,经史子集,他们实际上是独取集部,而且是集部的晚明。而鲁迅后无来者,他是走了子部。后无来者也是正常的:集部人人可走,子部可不是人人能"子"的。但是现在,我确实认为有一种子部复活的前景,在互联网背景下、自媒体背景下,现在最重要的书写不在我们这些传统的散文家这里——我是不是又要得罪人了?此处删去几千字(笑),而在很多公众号文章、很多自媒体的书写里,他们有"杂"而"子"的气象。当然他们有他们的问题,但你别忘了,每一代都是在自己的限制、问题和对堕落的诱惑的抵制中做出真正的创造的。

李蔚超:那次读书会上,您和丛治辰及同学们谈到一个话题,即中国缺乏现代散文理论——现代小说是舶来品,西方的小说理论被集装箱式地进口到中国来,十分畅销,而散文则没有与之对应的理论。我回想了一下古代文学理论，刘勰体大思精的《文心雕龙》，开启的是古人的"文章学"，确立一种本质——"道"，随后谈文体变迁，由雅而变，然后说行文布章，这都算不得现代散文理论。我们今天怎么去谈散文才好？我想请您多聊几句这个话题。

李敬泽：确实是这样。我前几天还和一个朋友说，你做做散文理论吧，这里边的空间特别大，最宜跑马圈地。或者说，我愿意用另一个词，就是"文章学"。中国古代的文章学是笼盖四野的，特别是韩愈之后，道乌乎不在。但是在现代转型中，这个一以贯之的道统崩溃了，你看周作人他们最恨韩愈，各种冷嘲热讽。然后要做一个现代建构，重划疆界，确定一个现代的、文学的散文范围，实际上是对韩愈的反方向收缩：韩是载道，是师说；周是言志，是个人。结果就是把庙堂江湖一股脑划出去，过去诏书、奏折都是文章，《曾文正公全集》里收了一大堆公文报告，现在这个都不算了；把史书划出去，传记划出去，各种实用的交际性的书写也划出去，不断划出去，剩下一个叫散文。这个是干什么用的呢？他们往上找了晚明小品，往外找了ESSAY，这基本上就是个人经验和情感的书写,就这么形成一个新的小传统。当然实际情况比这里说的更复杂,后来还有延安之后社会主义文学实践对这个小传统的改造,等等。但总的来说,散文在现代文学中的地位是极尴尬的,从范围上说,它已经由"日不落"退缩成岛国小邦,从传统资源和艺术资源来说,它把文统、道统一扫光,只搞出个袁中郎、张岱、兰姆等等,和现代的小说比起来寒酸薄弱至极。它给自己留了一块地,讲个人生活、经验情感,但这块地是不是全归它也很成问题。小说在这块地上也开花结果,而它在艺术资源、艺术空间上远不能与小说抗衡。

从现代到当代,专业的散文家寥寥无几,散文只适合业余写,它是"余事",小说之余、诗之余、生活之余,我觉得这很好,这是我喜欢写散文的原因之一,但"余"成这个样子,也说明,它的本身还没有足够的地位。

所以毫不奇怪,谈起小说,谈起诗,我们都有一大套理论,都有极为复杂的省思,谈起散文有什么好说的呢?谈谈真诚和真实?这些话说了一百年,到现在也没分清真诚也不等同于真实,也没分清什么是第一性的真实,什么是艺术的、书写的真实。作为文学的散文书写并没有完成现代转型，推而广之，从混沌凿、文章裂之后，广义的文章学、文章之道也还没有完成充分的现代转型。所以你看，文风问题到现在也还是个大问题，高考出题还是不知道怎么出才好，一年一个路数；孙悟空七十二变总还有个孙悟空在那里，我们的高考题就只有七十二变眼花缭乱，没有文章本体。

　　回到文学散文，其发展极大的困难，就在于作为一种现代艺术形式，它没有足够的自律性。文学当然做不到也不应该绝对自律，但一定要有相对的自律性，即它的内部规律、内部规定性，否则就漫无边际、不能成立，就和其他事物没有边界、没有区别了。小说、诗都是相对自律的，你能够就小说谈小说，就诗谈诗，可谈的话很多，但就散文很难。这种难一定程度上和我们现代早期的建构有关，四四方方切豆腐，切了这么一块，后来发现切得太小了，不够一盘菜的。但另一方面，散文缺乏自律性可能也是正常的，因为它的前身、前世就是笼盖四野、茫无际涯。一切书写文明都是这样，中国更突出一些。我不知道，你或许可以考察一下，在欧美语境里，大概除了小说和诗，一般并没有专门把散文列为一个独立自洽的艺术门类。

当然，欧美没有不意味着咱们不可以有。我觉得，我们恰恰需要一种广义的文章理论，把庞杂的万物生长的常态的书写活动都容纳进来。对人类生活来说，小说不是常态，诗也不是常态，但文章是常态。文与章，这是中国文化和中国传统的根本发意，我们需要在更广大的视野里对现代中国之文做深入的理论思考，也只有经历这样的思考，作为文学的散文才可能获得它的艺术自觉。

李蔚超：一次，我和刘大先闲聊对《咏而归》的观感。他说，您的文章之法是水银泻地，自然而然，无迹可寻，我只有无话可说地同意。我们酸溜溜地探讨了半天怎么能练就这样一副笔墨，结论是，这真不是"认真"两字能达到的。当时我说，您的见识是传统文人式的，以古观今，文章里面看家国。您还有都市市民的享乐趣味，比如您爱听相声。您读书偏好史书和文人笔记，颇染上些士大夫的闲情逸致。您是否同意我们的看法？

李敬泽：我不知道。周作人说，他身上有两个鬼：绅士鬼和流氓鬼。我不如他，身上鬼更多，一面打鬼一面鬼打架,闹得很。"文人士大夫鬼"可能有,我自己有时也这么说,但你也别全信。我自己也搞不清都是些什么鬼,比如至少还有一个反文人士大夫的鬼——我就是个农家后代,泥腿子的底子,喝咖啡就大蒜,我装什么高人雅士?传统文人那种风格新时期以来广受推崇,以至于现在很多人拿这个当饭碗。但凡是中国人又有些文化,身上难免藏一个"文人士大夫鬼",年轻时看不出来,别急,到了时候就会冒出来。我自己也曾种种毛病冒出来,现在反而特别警惕,这很容易搞出一身油腻的酸腐气,再进一步就是装神弄鬼,拿肉麻当有趣。我有时也自称文人,那是开玩笑,或者是为了回避问题——我的问题是,当批评家也不是个标准的批评家,当散文家也不是个标准的散文家,直到现在,自称批评家或散文家时还是常常难为情——是真的不好意思,但你总得有个身份吧?退无可退,只好说我是个文人,我在它的本义上用它,即以文为生的人。同时我也喜欢文人的另一重隐含的气息,它不是专业分工下的专家,它是业余的、驳杂不纯的。

但严肃地说,我不觉得我是传统文人,我也不打算向那个方向修炼。我并不认为在21世纪做一个传统文人有什么意思和意义，当然，从根本上说，这也不可能。汪曾祺先生是"最后一个士大夫"吗？我看不是。汪老是个现代文人，不是传统文人，他早年的东西是现代派，他搞京剧还是现代派，他在生活上和创作中都深度地卷入了中国文化的现代转型，他的意义完全在于他在这个过程中参与提供了一些重要的美学方案。至于炒菜、写字等等，那和唐装盘串儿差不多，有趣而已，不必认真。他哪里是什么士大夫，他是"拾垃圾者"，或者说，是本雅明意义上的文人的变体。

好吧，我一直喜欢"拾垃圾者"这个意象，我自己，如果是文人的话，我希望也是一个本雅明意义上的文人。

2018年7月9日上午定稿
7月22日上午修订

说南北

——答李蔚超

您是否认定自己是北方或南方人、是一位北方或南方作家?

我没想过这个问题。在我的认同系统里,并没有南或北这样的方位。现在,如果一定要我选择,我会觉得人生之幸福是终老南方。

南北之别有深远的历史渊源,但这里还有一个非常重要的因素,就是中国革命和社会主义经验的塑造性影响。在各自的成立初期,国民党,那基本上是一个南方政党，它的兴起之地在广东，然后北伐，后来定都南京；共产党中大部分是南方人，但他们有深刻的北方经验，从陕北东进、南下，席卷全国。从这里隐然可以看出中国历史的一个大节奏。新中国成立以后，集中统一的政治动员体制和计划经济体制有一个深远的后果，就是打破了数千年根深蒂固的地方意识和地域认同。在清朝，特别是1840年以前，一个人对"我是中国人"没多大感觉，但他必定牢记"我是江苏人（或山西人）"，这是他的身份意识中非常重要的环节。中华人民共和国完成了这个意识的现代重构，你可能不太在意自己是哪个地方的人，但你一定清晰地意识到"我是中国人"。一开始，这主要是国家现代化建设的战略考量，比如支援边疆、支援内地、支援三线建设，包括大学生的统一分配，都是国家在全国范围内配置人力资源。它的文化影响非常深远，比如我自己，我父亲是山西人，我母亲是河北人，他们在北京上大学，毕业分配到当时的河北省会天津，我在那儿出生；然后，河北省会开始不停变化，先到保定，又到石家庄，我们家也跟着动。我自己十几岁到北京上大学，然后留在北京，直到现在，父母后来也调到北京。那么你说我是哪儿的人呢？身份证上写着山西芮城，我们在西周春秋时也是一国，叫芮国，不过它对我来说也就是地名而已。

　　我说这些的意思是，在地方、南北这些问题上，不能忽略中华人民共和国的社会主义经验的塑造性影响。在中华人民共和国成立后近七十年里，中国人的身份认同完成了现代建构，那就是"我"首先是中国人，至于是中国哪个地方的人，那就因人而异。人们很少提到的是，人力资源的全国性统一调配，造就了一批没有什么地方认同的人，比如我。中国作家特别爱谈故乡，我就很惭愧，很自卑，没什么故乡可谈。我是现代羁旅之人，我之所在便是故乡。这个进程在改革开放后没有停止，相反获得了更大的动力，现在配置人力的主要不是计划，是市场。人口大规模迁徙，农民工第一代还很在意他是哪里人，第二代、第三代呢？恐怕也就和我差不多了。

　　在写作中，地域文化是否会影响和形塑您的情感结构？若有，您能否意识到这种影响？

　　我前边说了，我没什么地域认同，也许天津、河北、北京、山西会影响我，比如爱吃面条，这就"很山西"，但我并没有把这种影响内化为一种意识。

地方方言是否会影响作家的叙述？大概是怎样影响的呢？

当然会影响。大家都用普通话写作，如果一个作家是会方言的，你用作家本人的方言读一下，你马上知道他内在的声调和表情根植于方言。好的作家会把这个变为有力的风格要素。我记得有一次让人用陕西话读《秦腔》，一下子神采焕发；你如果熟悉兴化话，你就知道毕飞宇的语言是兴化普通话；刘震云的普通话很好，但你如果认识别的延津人，你马上就知道刘震云的声调是延津声调。现代以来，中国作家的一个内在艺术问题是和他的地方口音博弈，一方面他努力消除口音，他必须用普通话，用"正音"；另一方面他不由自主地携带着口音，或者像老贾那样，有意夹带私货，偷运他的口音。当然，长时间来看，我们很可能会逐渐迎来没有地方口音的文学时代，"70后""80后""90后"有口音的越来越少。

自古论到南北文学差异，素来有北音雄壮顿挫，南曲婉约精微之说。雄壮、顿挫、婉约、精微，都是含糊的形容词，我们只能大致意会领悟。您是否认为，在文学地理学的视角下，今天南、北方的文学仍有偏向某一方面的风格差异？

这个差异可能现在还是有，以后也还会有。不过我们谈这个问题的时候，恐怕要把它作为一个历史概念来理解。如你所说，这个南北之别里的南，主要是指江南，大致就是现在江苏、浙江、安徽、江西这一带。南北之别从魏晋开始谈，北大致没有动过，南却是不断扩展的，魏晋时连福建、广东还是蛮夷之地，到了现在，四川、云南也是南方。所以，这个南北之别是一种地理区分，更是历史的、政治的、文化的区分。而现在，我们在运用这个概念时，恐怕主要是从美学传统的角度，它既不是规范性的，也不一定是反映着实情。

北方作家更适合宏大叙事吗？——这是一种带有预设的提问，包含了人们对文学和文化的某种惯性想象、潜在判断，比如宏大叙事是长篇小说题中应有之义，北方作家适合写鸿篇巨制。这个问题您如何看待？

我想如果你沿秦岭-淮河画一条线，恐怕不能说以北就宏大叙事，以南就浅斟低唱，这个问题只能是瞎扯闲聊。江南甚至南方的作家可能更具文人传统，闲适一点，放松一点，让他们像农夫一样天天种地是很难的；而北方，唐宋之后，迭经大变，总的看，缺乏那种文人根基，大家都是劳动者，是写书的劳动者，不得不更勤苦用力。

今天的中国，从政治、经济角度而论，南北差异并不比东西差异大，文化上更是如此，也许东与西的文化维度更值得考量，您是怎样理解的？

中国之大，岂是南北东西可以道尽？南北论之所以源远流长，就是因为它和中国历史的大脉络、大节奏有关，这个大脉络、大节奏自魏晋南北朝开始，直到现代还在起作用。现代历史使得东西问题再次突出起来，左宗棠、李鸿章的塞防、海防之争第一次把这个问题挑明，由此已经可以看出，现代中国面临新的结构性矛盾，因为他们是从中国在现代世界的位置来考量问题。

　　就文学来说，一方面，要看到大势，你是个现代人，是个中国人，就地球村来说，中国也是个"地方"，你要在中国现代转型的大势里看待地方性经验和知识；另一方面，地方性经验和知识没有失效，至少在文化上、美学上没有失效，恰恰相反，它很可能会获得新的活力。不过，在复杂的政治、经济、文化逻辑中，地域文化也可能越来越变成景观性的、风格化的。

2018年9月21日

不会有那么轻易的好事了

——答张莉,《江南》杂志关于小说革命的讨论

许多人会对当下的小说创作表达不满,认为出了问题。您如何看待或评价当下的小说创作?

我也不满。不过说老实话,我干这一行已经三十多年了,好像就没有什么时候是皆大欢喜、没有问题。小说在根本上为现代性所塑造,它是向前的,本来就是一种永不满足的艺术。由于它与社会、历史的命定的对话关系,它永远要面临问题,或者说,它本身就永远是一个悬而未决的问题。

就当下而言,泛泛谈论小说好或不好其实没什么意义,依据各自的眼光和趣味,人们能举出很多坏小说,也能举出不少好小说。关键是,我们是否有能力对小说提出新的问题,或者是否有能力把小说重新变成一个问题。从哪里发问?如何形成问题意识?如何建立问题场域?

您认为当代小说应该进行一次变革或者革命吗?如果应该进行革命,您认为应该从哪些方面进行突破?

"现在,让我们革命吧。"当这么说的时候,我们是深刻地受制于20世纪80年代文学经验,我们认为,会有一个全面的解决方案,会有一个决定性的文学史事件,然后我们同去同去。但是,我敢打赌,不会有那么轻易的好事了。

王尧在《新"小说革命"的必要与可能》中说,20世纪80年代"小说革命"以及其他文学样式的革命性变化完成了从"写什么"到"怎么写"的转换,这其中包括了"形式也是内容""文学不仅是人学,也是语言学"等新知。而20世纪90年代以后的小说写作则表明,

"写什么"固然是一个问题,但"怎么写"并没有真正由形式成为内容。您如何理解"写什么"与"怎么写"的关系?

还是那句话,我们是否能对小说提出真正的问题?我深刻地理解王尧兄的焦虑和期待,但是,如果现在还是在形式与内容、"写什么"与"怎么写"的场域里打转,我很怀疑是否能够转得出去。现在的问题是:如果文学是人学,那么"人"可能已经在变,离小说而去;如果我们过去可以想象而且一直坚持一种文学的自律性,那么,现在小说必须面对的是它何以为"小说",它如何在人类生活中、在这个世界上为自己找到理由。你必须想象小说的枯竭甚至消亡,然后你也许才知道如何继续下去。

这是一个百年未有之大变局的时代,您如何回应这个变革时代是每一位创作者面对的考验?甚至诸多人认为非虚构远比虚构更适合今天这个时代。在一个充满变革、危机和诸多不确定性的时代里,您会因时而变,还是以不变应万变?

文学的问题决不能仅仅在文学内部来提出或解决，也不能从文学史逻辑里推导出来。文学必须把自己放回这个时代的广大问题场域里。比如2020年，一个重要的但是尚未被充分理解的事件就是，20世纪80年代在文学观念里建构起来的那个"个人"的坍塌，它重新成为巨大疑难，这不是发生在小说里，而是发生在经验、生活、历史之中。我们需要的也许是，把小说放回到社会、时代的总体性中去，在对社会与时代、中国与世界的总体认识中考验小说，向小说提出问题。极端地说，就小说谈小说、就文学谈文学没有出路，不过是大家互相炫耀一下阅读经验；必须进入政治、社会，从科学、技术、经济、法律、心理、伦理等等场域出发，在这个时代的生活现场和思想前沿中思考文学的可能性和不可能性。也就是说，可能不会有一种从文学内部演化出来的方案、潮流或革命，办法要靠每个人到广大的世界上自己去找。

整个文学创作都受到了视觉媒体的冲击，有人认为这才是小说创作的真正危急时刻，您如何理解小说革命与新媒介时代的关系?

　　我们如果拼命想今后是视觉的、多媒体的时代,我这个写字的怎么办啊,这肯定是白费力气,因为大概你除了赶紧转行想不出什么更好的办法。你不如想想,如果真的有这样一个新媒介时代,那么,这个时代的人变成了什么样?你如何为这个时代的人赋形?然后你没准还能写出一部好小说来。

2020年11月13日凌晨
11月16日下午改定

魔术盒子与成为一个作家

——答邵燕君,《江南》杂志关于"作家是怎样炼成的"讨论

自20世纪30年代美国爱荷华大学建立创意写作系统（Creative Writing System）以来,由大学培养创意写作人才的教育模式已被世界广为接受。2006年复旦大学首设创意写作专业,创意写作在中国高校蓬勃发展,与此同时也一直存在着一些质疑。比如,创意写作如果只是一门实践性的专业,它又如何能学科化？文学创作真的能在课堂上教授吗？大学能培养作家吗？

"创意"是从creative翻过来的,原意是创造力,翻译成"创意",听上去总有一股点子大王的广告味儿。在原初语境中,creative是无中生有的能力,一生二,二生三,三生万物,那个"一"就是上帝。无论中外,你都没法解释那个超验的"一",创世、创造无法知识化、无法传授,所以古人对这个"一"保持敬畏,认为艺术不是"创造",而是"摹仿"。到了现代,经过了浪漫主义,人自己端一把交椅占了"一"的位置,获得了创造的自信,但是,就创造的能力而言,现代人还是不得不保留一个最终的、不可理性化的神秘根基,那就是个人的天赋——这种天赋是绝对的偶然。这不仅是思辨,这也是一个经验事实。比如你思考鲁迅为什么是鲁迅,你写一百多篇论文,其实还是不能解释为什么周树人、周作人兄弟俩一起过了半辈子,分享大量共同的经验,他们却如此不同。

在这个意义上,创造力是无法学科化的。有关创造力,我们所知的是事实而不是知识,它是个别的、偶然的,无法普遍化。你把托尔斯泰、鲁迅研究得巨细无遗,你还是不能克隆一个出来。所以大学能不能搞一个魔术盒子,从这头儿进去是个素人,从那头儿出去就是个作家？对此，我不敢肯定，恐怕也没哪个老师敢打包票。

  天赋是前提，但文学创作也确实是一门复杂的技艺。况且天赋也需要激发和开发，需要找到方向和形式。这些都有可能通过传授和训练获得。在中国，经过文学的现代建构之后，天赋不言自明，同时强调要学习、要训练，必须深入生活，也要上鲁迅文学院。但是，这里边也留下了一些非常有意思的空白。孙甘露讲过一个例子，他说，展望退休生活，有人会说"这辈子经了这么多事，终于有时间了，我要好好写点东西，我要写小说"，这听上去没什么问题，但你为什么不立个志向，退休后去给人开脑袋呢？当然，没人敢让你开刀，有人冒死献身也不行，那是非法行医。关键在于，一般人也不会立这么个志向，他知道，开刀是专业，是技艺，要经过艰深的训练。反过来，他确实不认为文学创作是技艺，需要训练。你拿天赋拦不住他——天赋谁没有啊，他觉得他有。这也涉及文学在我们文化中的特殊功能。在古代，写诗作文在特定阶层中是基本素养，好不好另说，会是肯定都会。而在现代建构中，文学从一开始就是反精英的、大众的，集中体现着民主诉求。

重读当年陈独秀、胡适他们的革命宣言，你就看得出，他们反的就是精英化、专业化，文学是大家的事，大家一起来办，不能把文学搞成一圈子人沾沾自喜的"断魂枪"。在中国，自现代以来，文学就是普遍的公共品，在创作、阅读和传播意义上都是如此。这很好，特别好，文学因此在中国的现代化进程中发挥了特殊又重要的功能，它向着人民大众、向着历史的生成敞开，由此获得特殊的形态，放在全世界都极具革命意义。所以，认识中国现代文学、革命文学和社会主义文学，不能简单地拿所谓"世界文学"的经验去套，你得在世界背景下去辨析、确认中国经验。但是在这个过程中，技艺、训练在公众的认知中，甚至在写作者的认知中都没有得到充分关注，现在有了创意写作专业，在一定程度上把这些因素知识化、技能化，可传授、可分享。在最好的情况下，有天赋的人从盒子这边进去，出来时会成为一个更好的作家。

在现代大学的学科体制内，文学研究已经成为一项独立的学问，文学创作与文学批评也不再是皮毛依附的关系。很多文学批评者没有创作经验，甚至不再是热忱的读者。但近年来情况似乎在发生变化，一些著名的批评家开始转向创作，成为"新锐作家"。您怎么看这一现象？您是否认为文学创作经验对于文学研究者来说是重要的，甚至是不可或缺的？

批评家成为"新锐作家"，这大概是讽刺我呢。你的问题预设了一个前提，似乎一个批评家或者学者搞创作是为了更好地搞批评、做学问，实际上当然不是。对一个批评家或学者来说，搞过创作肯定是没坏处，但是不是一定有好处，那只有天知道。反过来，你如果说，我研究过文学，所以更懂文学，所以亲自下手就一定比人家高明，那也是不成立的。总之，我不觉得这可以构成一种值得认真对待的现象。

伴随当代文学生产机制的市场化转型，作家制度也发生变化。尤其是网络文学兴起以来，形成了一套独立完整的生产机制和职业作家制度。在这个制度里，编辑的地位在下降，变成了运营编辑；读者的地位在上升，尤其是被称为"老白"的精英粉丝群体成为新"把关系统"。他们不但是主要的付费群体，也积极参与创作过程，他们的各种点评形成的"口碑"也可以吸引"小白"读者，也就是说他们也在一定程度上替代了批评者颁发象征资本的功能，并且可以直接将其转化为经济资本。作者与其"铁粉团"形成"强制约"关系，作者未必完全接受粉丝的意见，但却不能失去粉丝的支持。您怎么看待这种"强制约"关系？在非商业性的创作中，核心读者群体的存在是否也是至关重要的？您理想中的作者、编辑、读者和批评者之间的关系是什么样的？

即使在网络文学这样的市场化、工业化机制中，实际的关系也未必是单向的"支持"关系。正如你买一个牌子的饮料，你是它的消费者、它的粉丝，但是，这种饮料、它的广告和形象同时界定着你，为你提供自我的镜像。在这个过程中，到底谁掌握着主动权，还真是很难说。你以为你主动，其实你也被动，你的主动是在充分客体化的过程中、在大数据计算中被编程、被赋权的。"上升"也好，"下降"也好，都是在前台，我们恐怕要注意那个后台的、不在场的因素，那就是机制后面的资本和资本的文化逻辑。

文学创作从来不是在作者孤独个体的边界里运行

的，虽然作家们自己很喜欢这样的自我想象。它一定是作家在一个有形或无形的共同体中的权衡、决断。这不是什么新事物，自古就是如此。唐代诗人，包括杜甫，都同时要过共同体的"政治"生活。现在，在纯文学中就不存在你说的"强制约"关系？我看实际上更强。作者、编辑、读者和批评者这一套关系其实一直是变动不居的，它在根本上不取决于文学内部，而是更广泛的历史运动和人类社会形态、生活形态变化的结果。

2021年6月21日，《收获》的App上线，7月1日，该App联合《小说评论》、喜马拉雅、后浪，举办赛程长达5个月的"无界-双盲命题写作大赛"，邀请知名作家和跨界作者根据每月命题写作。此举是否意味着纯文学期刊的网络移民产生？您怎么看待这一新趋向？

很可能在你我有生之年，就能看见《收获》每期只印一千本供收藏，同时其App订户可能有十几万、上百万。但是，这绝不仅仅是移民搬家，绝不仅仅是内容的空间转移。正如麦克卢汉和你反复教导的，媒介即内容，这必然意味着我们对文学的理解与过去有很大不同，意味着我们要重塑文学的面貌，重新勘探和发明"文学性"。我们面前是一片未知的原野，但有一点大概是确定的，就是我们过去一百年多年建构起来的那个"纯文学"无法再"纯"下去。所以"盲"不"盲"不重要，重要的是人们从"无界"开始，打开界限，拆除壁垒，向这个时代丰盛庞杂的经验、向新的可能和不可能开放。

2021年7月11日中午12时定稿

文学中的新中国故事

1951年4月,《人民日报》发表了魏巍的《谁是最可爱的人》,这篇特写仅仅3 500字,写的是朝鲜战场上英雄们的殊死战斗,但气象却从容宽广。在文章的最后,作者直接面向每一个中国人:"亲爱的朋友们,当你坐上早晨第一列电车走向工厂的时候,当你扛上犁耙走向田野的时候,当你喝完一杯豆浆,提着书包走向学校的时候,当你安安静静坐到办公桌前计划这一天工作的时候,当你向孩子嘴里塞着苹果的时候,当你和爱人悠闲散步的时候……"这一系列"时候"勾勒出新中国的现代空间,覆盖劳动、建设和生活,指向辽阔的国土和广大的人民,最终和战场上奋不顾身的战士们紧密相连,构成了共同的命运与情感、共同的奋斗和梦想。

——这正是新中国文学的本质所在。1949年10月1日,中华人民共和国成立,人民创造历史,缔造了自己的国家,不断开辟和创造我们共同的生活。中国文学与时代、与人民一道前进,从社会主义革命和建设到改革开放,到中国特色社会主义新时代,在70年翻天覆地的社会变革和时代变迁中,文学使奔涌的"现实"不断转化为"故事",建构着认知、情感和价值的共同体。新中国文学始终在向"亲爱的朋友们"讲述新中国的故事,讲述我们自己的故事,讲述我们正在创造的生活与历史。

这壮阔的故事必定从来处讲起。从杜鹏程的《保卫延安》、吴强的《红日》、梁斌的《红旗谱》,到杨沫的《青春之歌》,罗广斌、杨益言的《红岩》,20世纪五六十年代,那一代作家以历史亲历者的自豪与信念书写中国人民在中国共产党领导下艰苦卓绝的斗争历程。这是中华人民共和国的来处和初心,是民族的英雄史诗,代代流传。正如贺敬之在《回延安》中深情咏唱的那样,如此的追溯和回望不仅是为了认识和铭记历史,更是为自己、为后人确立精神的高度和方向。

大地上,满怀理想的人民上演宏伟的戏剧。在赵树理的《三里湾》、周立波的《山乡巨变》中,村庄和村庄中的农民成为主角,他们不仅是自己生活的主人,他们正在推动着古老乡土的现代化进程。而在周而复的《上海的早晨》中,现代都市正在深刻的社会主义改造中迎来新生。这种革命与建设的理想主义激情同样激励着柳青,在《创业史》中,崭新的历史远景取代了千百年来一家一户的小农创业梦想,梁生宝的奋斗具有了宏大的规模和革命性意义。这个普通的农民由此成为新中国的"新人",他在精神上属于未来。

新中国是青春中国,大地之上活力澎湃。20世纪50年代,少年王蒙写出了《青春万岁》,这是对少年布尔什维克的青春、对新生活的热情礼赞。然后,在《组织部新来的青年人》中,他以青春中国的纯洁信念对侵蚀着新生活的一切懈怠、油滑和世故发出勇敢的质疑。而在孙犁的《铁木前传》中,精灵般的、恣肆不羁的小满儿在田野上奔跑,让人们坚信,美好的生活意味着人的自由发展。徐怀中的《我们播种爱情》中,青藏高原上的变革如陌上花开,意气风发,充满希望。

——所有这一切已成中国记忆、民族记忆。新中国的文学正如新中国的历史,充满理想主义,充满英雄主义，充满创造历史的主动精神，充满了对时代、人民和祖国的责任感，这一切至今如新。

1977年，刘心武发表《班主任》，1978年，徐迟发表《哥德巴赫猜想》，他们成了报春的燕子，见证着思想解放和改革开放的大潮奔涌而来。在舒婷的《致橡树》中，经历了严峻考验的中国人感受到自身坚韧、倔强的深长力量，一个时代的情感和意识在这样的诗句中淬炼成形。

新的天地无穷无尽地敞开，文学家们是勇敢的探索者，领时代风气之先，他们讲述的新的中国故事不仅是对现实的反映，而且在一定程度上参与着现实的创造。从蒋子龙的《乔厂长上任记》、张洁的《沉重的翅膀》直到20世纪90年代周梅森的《中国制造》、张平的《抉择》，文学以"改革"命名自己，新的时代主题、新的时代英雄激发着无数中国人新的梦想。

风起于青蘋之末，在最细小、最偏僻之处，作家们看出了巨变，望见了未来：高晓声的《陈奂生上城》中，一个农民身上汇聚着乡土中国变革的动力和前景；在铁凝那如诗的《哦，香雪》中，火车携带的广大世界在一个乡村女孩子纯真的眼中一闪而过，那时，人们还不能想象，这铁路有朝一日会获得惊人的速度，以巨大的规模把人群带向远方。

在急剧的变革中，人的精神世界经历震荡和颠簸，李存葆的《高山下的花环》直面社会的矛盾、精神的颓败，重申牺牲与忠诚的崇高价值。同样是在巨变中，来自陕北乡村的路遥写下了《平凡的世界》，这是一部史诗，是一个时代的精神史和行动史，孙少平、孙少安的性格和命运中镌刻着无数中国人的经验和信念：为了美好生活而奋斗，正是这无数人的奋斗汇聚起时代的伟力，将中国带向新的历史前景。

——无数的中国人从《平凡的世界》中见到了自己乃至由此塑造自己。而年轻的诗人海子写下了《面朝大海，春暖花开》，史铁生写下了《我与地坛》，张炜写下了《九月寓言》，和中国人一起经历巨变，文学以它的敏感、热情、沉着和深思拓展和深化着中国人的内在生活。

在开放中走向世界，中国文学获得了新的文化自觉和文化自信，在世界背景下确认丰盛而独特的文化中国。从莫言的《红高粱》、陈忠实的《白鹿原》、韩少功的《马桥词典》到王安忆的《长恨歌》，中国的古典和民间精神、中国的传统和现代根脉,在勘探、追怀、书写中获得充沛的现实活力。

进入新世纪,刘慈欣发表了《三体》,以科幻观照现实,这部作品某种程度上成为新的时代精神的先声,中国人正以新的视野想象世界和自己,中国故事同时指向人类的共同境遇和共同命运。中国的"现实"正在同时成为世界的"现实",这无限丰富、无尽延展的景观对文学构成严峻的挑战,也为文学提供了辽阔的空间。在迟子建的《额尔古纳河右岸》中,地方性传统的命运构成对人类文明进程的深长反思;在刘震云的《一句顶一万句》和毕飞宇的《推拿》中,广大的民众在人间持守着庄严的伦理;在麦家的《暗算》中,国家英雄的传奇同时也是意志与智力的世界性寓言;邓一光的《我是我的神》,激越澎湃,中华人民共和国之子的生命具有巨人般的重量和能量;而在金宇澄的《繁花》中,世界性的现代都市在历史变革中微妙的经验、情感和语调被珍重地铭记。

近代以来的中国故事就是中华民族的伟大长征,长征胜利了,长征永远在路上,中国特色社会主义进入新时代。2014年10月15日,习近平总书记主持召开文艺工作座谈会并发表重要讲话，总书记关于文艺工作的重要论述为新时代的中国社会主义文学指明了方向：与时代同步伐、以人民为中心、以精品奉献人民、用明德引领风尚。

海阔天高，鸢飞鱼跃。近代以来，中国文学就以民族复兴为己任；新中国成立以来，新中国文学就以人民与时代为初心。现在，新时代的历史前景宏大壮阔地展现在我们面前，广大中国作家深刻地认识到肩负的使命，反映现实，书写中华民族新史诗成为过去五年中国文学的主流，在人民的创造中，文学的创造力尽情迸发——

梁晓声的《人世间》、陈彦的《主角》、徐则臣的《北上》都展现着史诗般的抱负和气魄，在百年、七十年、四十年的宏大视野中，在社会历史的总体性运动中，表现中国人的命运与奋斗、中国人的风骨与精神。《人世间》苍茫而温暖，雄辩地展现了新中国工人阶级的道德实践。《主角》是壮观的大剧，见证着一个人自乡野走向舞台的中心，如何在时代中自我创造、自我完善。围绕大运河，《北上》勘探和厘定着中国人的现代品格。大学之道，在明明德，这是普通中国人的史诗，他们的故事在世事的巨大变迁中有力地讲述着我们民族对德行与美好的执着追求。

深入生活，扎根人民，中国作家以充沛的热情书写新时代，讴歌新时代。纪红建的《乡村国是》、王慧敏的《心无百姓莫为官——精准脱贫的下姜模式》、滕贞甫的《战国红》，记录着脱贫攻坚这一震古烁今的伟业，在中华民族五千年文明史上的这个高光时刻，广大农民和干部的业绩和精神正在文学中铭刻，构成时代英雄的壮美群像。

英雄是民族最闪亮的坐标。何建明的《山神》、曾平标的《中国桥——港珠澳大桥圆梦之路》，深情礼赞开辟着新时代、新生活的道路的先行者们，他们身上移山倒海的伟力正是民族精神和时代精神之所聚。李修文的散文集《山河袈裟》披襟当风，慷慨长歌，大地上、人民中的英雄气令人霍然振作。

新时代的现实波澜壮阔，现实主义道路无限宽广。阿来的《云中记》深情低回，在灾难和新生中展现中华民族强健深厚的精神力量。李洱的《应物兄》，寓正声于讽喻，力图重申中国传统的价值理想。在赵德发的《经山海》、陈毅达的《海边春秋》中，时代变革第一线的景象热烈展开,时代新人正在走来,正以新的精神气象,创造着崭新的中国故事。

  时间浩浩荡荡,历史永不停歇。中国文学和中华人民共和国一道,走过70年的光荣征程。中国的作家们从未忘记我们对民族的记忆与精神,对我们共同的历史、现实和未来所负的神圣责任,讲述中国故事,弘扬中国精神,与人民一道,向着新时代更加壮丽的风光、更加巍峨的高峰,前进!

2019年9月18日中午一稿
9月24日上午二稿

我们都爱汪曾祺

——在《汪曾祺别集》发布会上

我们都爱汪曾祺。这爱是什么样的爱呢?我不想用"热爱"这样的词,热爱需要足够的热度,至少像炎夏一样的高温才叫热爱。但是汪老这个人,他自己就没那么热,他不是赤日炎炎,我们和他的人与文相处也不需要摇扇子,吹空调,所以,这还不是热爱。我们在一个伟大作家面前,有时是高山仰止的,他是巍峨的山,是凛然的父亲,不知别人怎么样,我觉得我对鲁迅先生的爱就是这样,在他面前有一种敬畏感。——我们对汪老的爱也不是这种爱。

刚才看见汪曾祺书画展上有一幅字，是汪老的打油诗，夫子自道，其中一句是"写作颇勤快，人间送小温"。汪老说的是他自己，他说自己作为一个写作者，就是给人间送去小小的温暖——"小温"。我想，我们对汪老的爱就是这种爱——小温，一种如同冬日正午的阳光那样温暖的爱。中国自20世纪80年代以来的读书人，想起汪老的时候，都会有一种温暖的、和煦的感觉在心里。

汪老快成我们这个时代的苏东坡了。我们都爱苏东坡，这不是因为我们懂他——没几个人懂他——但是，他就是招人喜欢，我们吃东坡肘子东坡肉，传他的八卦，他使我们觉得，生活本身就是值得过的，或者说，他教给我们在任何情况下，都不放弃生活，都保持着生活世界的活泼生动。近一千年来，苏东坡是中国社会各阶层的一个公约数，我们爱他，他教会我们如何生活。

中国文学有义务贡献生活家，汪老也快成生活家了。汪老之下，庶几近之的大概还有贾平凹。但老贾和汪老又不一样，老贾身上有"道气"；而汪老呢，他没什么道气，他就是家常日用，他的根子还是儒。

这样一个人，本来也没想当生活家，但是20世纪80

年代初,正值我们的生活世界经历了干涸冰封,汪老来了,"人间送小温",我们马上爱上了他,这是对生活的爱,对那些美好有趣的事物的爱,对世间平凡的好男好女的爱,对干净、有风致的语言的爱。这种爱是文学的,也是生活的。

总之,我们大家从汪老那里有形无形地领受了很多,受惠于他甚多。对我们来说,他不是高山,不是让我们望而却步、远远仰望,他一直就是那个可爱的老头儿,可以蹲在他身边晒太阳。

这样一个老头儿,已经百岁了。重读二十卷《汪曾祺别集》,我忽然想到,我们其实还是没有好好懂他。汪老守于小,但不要以为他就真的小,他比我们现在所认知、所理解的要大得多、复杂得多。

刚才,当我说汪老是个生活家时,我是在一般的接受视野里看汪老,这样一个视野里的汪老,很像或者就是一个传统文人,像我们这个时代的苏东坡,这是汪老魅力的一个重要来源。

但是,这不是汪老的全部。汪老不是从宋代、从晚明穿越过来的,生当洪流滚滚的20世纪,他不是局外人,他是在场者,不仅是被动的在场,也是主动的在场。现代文学时期,他是个"先锋青年";在新中国的社会主义文学传统中,他是一个参与者,别忘了他是样板戏的执笔者之一,他的才华不是工具,而是这种才华包含着某种方向,指向新的、社会主义美学。当然对于新时期以来的文学,汪老更具有多方面的重要影响,是一位引领者。在这个复杂过程中,他与现代文学传统、与社会主义文学传统、与民间文化传统的关系,我们还需要更深入地去认识和探讨。在他身上,有一个社会主义的大众、民间向度,然后又演化出了一个传统文人的大众、民间向度,这是非常有意思的事。

这样一个人,他是一,也是多,有多个汪曾祺,不要被一个瞒过去。在他百年诞辰之际,《汪曾祺别集》出版,这是20世纪留给我们的一份重要的文化遗产。纪念汪老,除了表达我们的追怀、我们的爱,更重要的是重启我们向着汪老的探索之路、认识之路,这条路还没完,还很长。

2020年12月13日即席
2021年1月15日改定

微笑与"沉思的老树的精灵"

——在首届"林斤澜短篇小说奖"颁奖典礼上的致辞

今天晚上林老会很高兴。林老离开我们已经三年了,但今天晚上,我感觉他就在我们中间,微醺了,微笑着,面如童子。

林老一生热爱文学——用"热爱"这个词还不准确,他是执着地献身于文学。他说过,文学是不死鸟。了解林老这一生经历的波折和磨难的人,都会深切地懂得这句话中的辛酸和坚忍。

林老在一篇文章里回忆沈从文先生,其中多次写到沈先生的微笑。聊天的时候,沈先生说"我不会写小说了"，这时候，林斤澜用括号在后面加了一句"微笑失落"。沈先生又说，"我不懂写小说了"，林斤澜又在括号里加了一句"微笑失落"。

　　林斤澜先生注视着沈先生的微笑。沈先生说自己不会也不懂写小说了，这里边包含着伤痛和无奈。在林斤澜先生看来，微笑意味着什么？意味着美好的人性。当林老说文学是不死鸟的时候，他是表达着对人性、对人的心灵、对人的生活的某种根本信念。林老一生都在珍惜和呵护着人们心中和脸上的那一丝微笑。沈从文先生曾经送给林老一幅字，是建安七子之一的刘桢的诗。那首诗我记不全了，但我记得头两句是"亭亭山上松，瑟瑟谷中风"。最后两句是"岂不罹凝寒，松柏有本性"。这松风、这本性、这使文学成为不死鸟的精神，今天晚上同样激荡在我们在座的每个人的心中。

　　林斤澜先生是短篇小说圣手，在中国当代文学中很少有作家像他这样穷一生之力专注短篇小说的写作。20世纪80年代，我读过黄子平先生的一篇论文，题目至今记得，叫作《沉思的老树的精灵》，说的就是林先生。林先生的短篇小说确是如老树般苍劲，又如精灵般轻逸。他是沉思的，话说出来，常常平易而有深致。比如,我记得,林老说小说是什么呢?小说是"有话则短,无话则长"。我还记得有一次和林老聊天,林老说,小说要怎么写呢?小说要走走停停。这些话说得多么好啊,都是值得每一个写作者深刻体味的艺术真理。

  林老热爱他的家乡。我和林老也算是酒友,每次喝酒的时候,林老都会有意无意地谈起他的家乡。20世纪80年代我还不知道温州,那个时候没见过世面,温州也还没有这么大的名气,我是从林老的《矮凳桥风情》等一系列作品中认识了温州,并且爱上了温州。温州有幸,有了林斤澜,温州成了一个在人心中留下美好印象的地方,丰饶湿润,有人性的山重水复。所以,设立"林斤澜短篇小说奖"可以说是林老的家乡温州对林老最恰当、最深切的敬意。

  我记得林老生于6月1日,他毕生都是一个怀着童心的作家。他爱青年,他和年轻人在一起的时候,真是融洽无间,很多年轻人都成为他的忘年之交。他殷切期待着一代又一代小说家的茁壮成长,他尤其期待着温州小说家的成长。可以告慰林老的是,温州现在有这么多年轻的、有才华的小说家,王手、马叙、东君、钟求是、哲贵,等等。我相信"林斤澜短篇小说奖"的设立一定会促进中国短篇小说的发展,也一定会促进温州文学的繁荣和发展。我也相信,一个传承着、延续着林斤澜的精神的温州,不仅是经济蓬勃发展的温州,同时也必定是温暖的、幸福的、充满人文精神的温州。

2012年10月28日晚即席发言

2018年3月18日晚修订

"最后一个人"与他的世界

——李宏伟《雨果的迷宫》序

1

那一天,哥德尔和爱因斯坦在普林斯顿大学校园里遛弯儿。

哥德尔说:"想想看,一个女人,在一个瓶子里。"

爱因斯坦有点心不在焉,他常常不在此处,但哥德尔的话显然让他回来了:"哦,谁把她装到瓶子里去了?"

哥德尔站住,故作惊讶地看着智者:"上帝啊,还能有谁?"

爱因斯坦摇了摇头:"上帝不开玩笑,可是亲爱的哥德尔,你喜欢和上帝开玩笑。"

哥德尔严肃地说:"想想看,那个瓶子里的女人,她会把你和我,把普林斯顿、美国,把整个宇宙都喝下去,就像一口气干掉一瓶啤酒。"

爱因斯坦注视着哥德尔灰蓝色的眼睛:"哥德尔,我在想,你究竟是敬畏上帝还是害怕女人?然后呢?瓶子在哪儿?掉到了地毯上?"

2

我不记得在哪儿读到的,爱因斯坦在晚年,和哥德尔成为密友,两个老头儿每天结伴散步。

人们一定很想知道他们谈些什么。

如果他们谈到了瓶子、女人、上帝、宇宙、时空的卷曲和流转,我不会感到意外。

哥德尔肯定会喜欢那篇题为《瓶装女人》的小说。我想,爱因斯坦可能也会喜欢。

所以,某一天早晨,李宏伟出现在普林斯顿校园里,打扰了那庄严的散步。

我们看见一个黝黑瓷实的东方汉子跟在两个白发凌乱的白皮肤老头儿后边，此人刚自布达拉宫飞来，高原热烈的阳光为他涂了一层釉，本来就黑，现在黑亮，按照神秘的中国的说法，他是包了浆了，是时间和阳光和油脂和酒和诗和哲学共同作用下的光。这个人，他过于热爱生活，以至于生活满足不了他。——这句话不是我的发明，我好像是在一本讨论圣奥古斯丁的书里看到的。李宏伟当然既不圣，也不奥古斯丁，奥古斯丁年轻时是个酒徒，李宏伟现在就是个狂飙突进的酒徒，但你不能反过来说酒徒都是奥古斯丁。但有一点他和奥古斯丁是一样的，酒满足不了他，他学哲学，他当编辑，他写诗，他写小说。

3

李宏伟的《雨果的迷宫》收录了五篇短篇小说。为了把《雨果的迷宫》看得更清楚一些，我本想重读一遍他的长篇小说《国王与抒情诗》。但是，这本书留在办公室的书柜里，这个春节，所有的人被瘟疫封闭在家里，你跃出战壕，戴着口罩，穿过危险的开阔地带，只是为了取回一本书？

好吧，我翻开《雨果的迷宫》，读了第一篇《瓶装女人》。忽然想到，哥德尔会喜欢这个，这种诡谲的、自我吞噬的空间想象。然后我发现，他还会喜欢接下来的几篇，比如《冰淇淋皇帝》《雨果的迷宫》《沙鲸》。这些小说都有一个哥德尔式的装置，空间的嵌套、卷曲，感觉和意识的自反与作乱。

谈论哥德尔不是我擅长的事情，我无意在此描述和分析李宏伟的时空构造。我比较有把握的是，所有这些故事里都包含着某种超越性冲动——这是人超出了他的时间和空间尺度、他的"活着"、他的意识的惯性。人不再是那个困于此时此地、以此时此地此世界为标准为本质的人，人得相信，他的本质——如果有的话——只有在一个向远方、向彼岸的向度里才得以显现。

在这本书中，这种超越有时是内在的，被内在的视觉所感知，意识内部被蓦然照亮，比如在题为《雨果的迷宫》的那一篇里，当那个名叫雨果的女子登上公共汽车，空间与时间的抽象与表意就在一个内在视角中展开，仿如自我意识的戏剧。但有时，超越完全是外在的，比如《冰淇淋皇帝》里，我们忽然在最后看见了一个套盒式的更大空间的存在，但这完全没有进入人物的意识。人物如蝼蚁，作者和读者如俯视蝼蚁的人或俯视人的上帝；一定程度上，《瓶装女人》也是如此。有时，超越既是内在的，又是外在的，它同时在内面和外面被看见，比如《沙鲸》。

还有那篇《长久空缺的吻和她的两次发作》，这在整本书中是一个有趣的特例，那个女人琐碎、平庸和冷漠的生活，在小说的结尾迎来了一次绽放、爆闪——她一脚把她老公像皮球一样踢了出去。那兄弟不是像皮球，在那一瞬间，他和它就是皮球，它在天空中蹦跳、飞翔，最后瘪掉，就像是勃起和软下去。

——这篇小说提醒我们注意，至少在这里，所谓超越仅是一个虚拟的动作，它并未真的发生，它仅是一次短暂的膨胀，接着即是空无。小说的最后，一切都没有改变，世界一如恒常，女人还是那个女人，男人还是那个男人。

或许我们可以据此检视其他几篇小说，另外那四篇中，《瓶装女人》和《冰淇淋皇帝》在某种程度上是《长久空缺的吻》的另外两次发作，在一种外视的角度下，空间的胀缩确证了枯竭和空无。这与其说是李宏伟所求证的，不如说是他所恐惧的，他面对着无名的、至大的、绝对的否定性——其实人类一直就面对着这个——然后，他和其他人类一起思考如何肯定自己，如何从瓶子里、从冰淇淋里跳出去。所以《雨果的迷宫》和《沙鲸》都预设了一个内视的、自我决定的"我"，这个"我"要跳，要真正地超越，这意味着不要落到原地。如果你仅仅是为了像个皮球一样落下，那么你其实完全没有必要跳；现在，"我"期待落到一个不同的世界，成为不同的自己。

4

爱因斯坦之所以出现在这里，不仅因为他和哥德尔是朋友，也不仅因为他开启了关于时间和空间的某种现代想象，更因为，这个现代科学的"神"，他其实怀有一个前现代的信念。因为他是爱因斯坦，他不得不以李宏伟小说里那种外视角度看待问题，他反对人以自我、个人为坐标，那是监狱，是现代人为自己建造的监狱，他认为那将导致自我的枯竭。然后，他想，人一定要皈依到某种整体性中去，人一定要在某种不是他自己的东西中发现、扩展和创造他自己。

所以,李宏伟去见爱因斯坦的时候,很可能会带上《国王与抒情诗》。我一直在回想这部小说的故事,这是一部关于诗人、世界、城邦的书,而李宏伟的想法似乎是犹豫暧昧的。他可能一开始想写一个诗人的,具体说是现代诗人的"理想国",尽管这个国度没有多少生活和历史的根基,但是他可以调集现代以来、20世纪80年代以来庞大的思想资源,他可以召集起浩浩荡荡的诗人的"乌合之众",其中每一个人都认为自己是自己的王并直接由此成为为世界立法的王。李宏伟可能真的这么想过,但这部书写着写着,他渐渐没那么自信了,柏拉图的正面和反面在争辩,好像是,写到最后,诗人成了国王,但他同时不再是诗人。人无法独自面对世界,或者说,绝对的、独自面对世界的个人其实也就不再拥有世界。

在《国王与抒情诗》中,人最终无法以自我为坐标,正如爱因斯坦无法想象人以自我为坐标。《国王与抒情诗》有时被认为是科幻小说,它当然不是,它可能更像哲学幻想小说,或者哲学空想小说,但是它的确分享着科幻小说中一脉根深蒂固的思想传统。在这个传统中，预设着超出人类日常经验的外在性的更大视角，这个视角的降临和介入，如断然翻开底牌，把绝对的整体性或总体性问题亮了出来。它不再是一个理性选择问题，它就是被现代性遮蔽的个人存在和人类生活的那个坚硬的，同时又是幽深空无的根基。

5

在唐弢青年文学研究奖评奖中曾读过一篇论文，叫作《"长老的二向箔"与马克思的"幽灵"》，作者陈舒劼指出，几乎所有的中国科幻小说，在科学和技术进步的想象之外，关于未来社会形态的想象都是返祖的。当我们在技术上向前穿越时，我们同时向后回到了长老、元老院、帝国，回到了前现代的社会和政治形态。

——他看出了问题所在。但这其实不仅是中国科幻小说的问题，世界各国的科幻小说也大抵如此。星际战争通常不会被想象为自由人联合体之间的斗争，或者说，在一种下意识的启蒙话语中，人们其实无法自洽地论证自由人联合体之间的战争，必须把未来重新带回丛林，回到城邦，回到帝国，回到人类生存竞争的原初情境中去。

这并非简单的社会和政治想象问题,科幻小说通常预设着某种外在的超越性危机,也就是说,我们忽然意识到有一双眼睛在外面、在上面看着我们,而且,它还要介入、干预我们的生活。这是一个超越性撒旦,它不仅使人类生活陷入整体性危机,而且正是在这种突然而来的整体性危机中,现代性的个人问题变成了"世界上最后一个人"问题。也就是说,如果我们想象世界上只剩下最后一个人,那么,这个人实际上已经完全失去了他的世界,他的意义和一棵草、一只动物并无区别。他必须以此为原点,回到人类的历史原点上去:在那里,个人的意义完全系于部族、城邦乃至帝国的整体性存续。

所以,与其说科幻小说家们缺乏对未来社会形态的想象力,不如说,他们的文化功能就在于这种与现代性之间的张力,他们和读者分享着一种本能的前现代经验和记忆。在这里,古老的图景在一种危机的、末世的想象和意识中被重新唤醒;在这个图景中,个人被纳入某种整体性坐标,当然也包含着可以料想的、整体性决断所要求的个人牺牲。在一个想象的绝对危机中,这其中的疑难几乎可以忽略不计。

6

　　李宏伟,这个哲学硕士,这个诗人,他大概会把《国王与抒情诗》送给爱因斯坦。但是,我猜想,另一只手,在背后,他拿着另一本书,题为《雨果的迷宫》,他在犹豫,他不能确定爱因斯坦会如何评价此书。

　　——这仍然不是科幻小说,他的幻想的调性更近于唐传奇或《聊斋志异》。但是,李宏伟和蒲松龄没有什么共同的话题,我猜想,《雨果的迷宫》作为一本短篇小说集,大概是写于《国王与抒情诗》之前,在此之前,李宏伟所焦虑的,是如何拯救那孤独的、最后的一个人。

　　雨果、白洁、桑铎和杨溢,他们都处于一种意义的枯竭状态。也就是说,他们都封闭于自身,而按照他或她自身的标准,他们无法为自己确立某种根基,无法说服自己也无法说服作为读者的我们。

　　——严格来说,他们无法构成故事或叙事,如果没有一个超越性向度降临,李宏伟大概无法也无必要写出这里的每一篇小说。

然后,那个向度应召唤而来,人封闭于他自身,但忽然,在一种超越性想象中,一个空间敞开,他或许可以由此获得他的世界、他的意义。

桑铎在另一重空间里成了一个塑造师——那据说是无边的沙漠,在其中他必须塑造世界,然后这个世界才能连同他自己去推开下一扇门。而雨果在她的迷宫里面对自己的重重影像,这位阿德里涅的探险就是在此一时的自己和彼一时的自己中做出辨认、澄清和选择。

这个空间照例空旷无人,除了"我"——自我的创世、自我的超越。这是绝对孤独的创造,李宏伟在进行一个非同一般的实验,就如同地球上最后一个人把自己想象为上帝。

但问题是这样的创造是否可能,以及这样的创造向哪里输出?无法输出的创造就不是创造,至少在《沙鲸》中,桑铎意识到了他的难局。小说的最后,是一个绝对孤独者向另一个绝对孤独者的疯狂而无效的输出,如无声的嘶喊。而底牌可能一开始就已在《瓶装女人》里揭开,所谓吞吐万物,最终不过是落到了地毯上。

——这好像是在推演一个哲学上的难题。如果有上帝,上帝创世并且成功输出了,这本身就是绝对的肯定。但即使在上帝身上，依然有一个谢林式的难题，上帝在创世之前在干什么？或者说，那里是否存在某种黑暗幽深的、否定性的根基？

好吧，这很绕口。我是说，对李宏伟这个诗人来说，一种个人的创世是可以想象的；麻烦的是，在这种想象中，哲学硕士李宏伟不得不面对一个更深的困境：这里的每个人都不是上帝，他自身和他所面对的问题都是如此庸常、属于人世，比如爱的磨损和失去、比如作为权力与猛兽的父亲，等等。那么，当李宏伟想象另一种时空时，他是认为此时此地的问题不可能在此时此地获得答案吗？还是认为仅仅限于此时此地的答案在根本上注定空无，注定是否定性的？那么，为了对抗空无和虚无，人需要一种超越性的、更高的肯定，但在这本书中，限于、困于自我的内在性超越似乎最终都是失败的。这是抒情诗式的失败，悲壮、伤感，但同时，或许也暗示着某种反向的猜想——也许，确实存在某种更高、更具超越性的力量，那是外在于我们的，是一个门、一个出口、一个输出与给予的行动，然后，人才能获得他的世界，然后，他的肯定就在于他不再成为自己，正如桑铎在他所塑造的世界里发现一种绝对的超越正在生成，那就是从远方而来的沙的巨鲸，那是他创造的，但那是大于他而且将淹没他的。

——我就是因此推断，《雨果的迷宫》先于并且会走向《国王与抒情诗》。但李宏伟心中不是同时运行着某种哥德尔式的空间吗？在这个多维空间里，没有什么是单向的，无法标定出发之地和抵达之地，人会被自己塑造的沙鲸吞噬，但与此同时，沙鲸在人的体内游弋。

7

然后，在这个2月，我看到哥德尔和爱因斯坦，他们相距一米，慢慢地走着。后边一米，走着李宏伟，口罩遮住了他的脸。

2020年2月15日初稿
2月19日夜改
4月30日凌晨改定

"人海"与"红字"

——麦家《人生海海》

麦家的《人生海海》,我把它简称为《人海》。然后,读着《人海》,想起霍桑的《红字》。在人海中,在广大的人群中,一个人被标记出来,被千手指着,千眼看着……

朋友圈里在转何平写的《人海》书评,当然我没看,不能看,何平之眼刁而毒,必须屏蔽他的影响。但是很不幸,我还是看到了他的关键词,他说,麦家的所有小说都是关于"孤独"。

——好吧,我很赞同,百年孤独啊,《人海》里写的就是这个。但同时，我对自己说，这个孤独不仅是人海里的孤独，它远为复杂，是深黑沉重的"耻"，是内在的撕裂，难与人言。

小说的主角，那个"上校"，他和典型的麦氏主人公一样，是个"超人"或"强人"，具有超出我们日常经验的"强力"。这种强力、这种power，使麦家和读者为之着迷——中国读者着迷，外国读者也着迷，可见对摩罗之力的崇拜是普遍人性。这样的人物很容易在人海中被辨认出来，他们自带克里斯玛光晕，但是，在麦家这里，强力者从来不是世俗意义上的成功者，他们通常会被自身所具的这种强力所伤。强力有自己的方向和目的，常常不合生活的逻辑，它会毁坏强力者的生活。所以，在《暗算》《解密》中，我们看到的强力者同时也是孤独的弱者。而《人海》中的强力者与以往不同，这位"上校"，他同样具有麦氏强力者那种智力和技艺的异禀——顺便说一句，麦家与中国其他小说家的区别在于，他一直写的是理科生的小说，这不是指小说中人物的职业或志业，而是说他对人和人类生活的视域是理科式的、理性的。理性本身自带意志，自带意志的理性发起疯来令人目眩。但现在，麦氏小说世界出现了一个新

"人海"与"红字"

人,"上校"不仅智商高,身体也好,他的强力主要在于传奇式的强大生存能力或生命能量——在20世纪历史的惊涛骇浪中他经历种种难以想象的危险,穿越正方、反方和亦正亦反方,手把红旗旗不湿,回到了那个村庄,进入了这部小说。

——《人海》到此才真正开始。这个人在根本上是一个浪子、一个流浪汉,他在村庄里,但他又不属于这个村庄;这里是他的故乡,但他的身上封存着故乡所不能理解的世界,独在故乡为异客。一场浩大的围猎在我们面前展开,村庄要揭开、打开他的秘密,村庄要对他展开讲述,要让这个格格不入、不可理解的人变得可理解,要把他消化掉,要把异质化为同质。

在此过程中,麦家保持着他那种强劲的叙事力量,这种力量不仅是讲述引人入胜的故事,而且是在讲述中强行建立和伸张某种逻辑,就像以耐心和偏执把钉子钉进不可能之墙——"上校"被张望、窥探、猜测、传说、围观、拷问、追捕、审判、囚禁,在《人海》的那个乡村世界里,"上校"始终是一个危险的、令人疑惑和引人探究的他者。

——这是孤独吗?当然。但这是什么样的孤独呢?

麦家为什么要讲述这样一个故事？这个危险的"他者"究竟意味着什么？

这也正是困惑着我的问题。在这场围猎中，我想起了《红字》，在霍桑那里，巨大的"耻"在众人面前被标记、被铭刻，而"上校"被追逐、被打开的过程最终也归结于"耻"。但"上校"的"耻"没有被刻在脸上，而是被刻写在身体的隐秘部位，这意味着什么？意味着身体的罪和对身体的剥夺？意味着"上校"在诡谲历史中的生命能量由于如此充沛强劲而注定遭到诅咒？意味着文字、书写粗暴专横地行使着命名和指认的权力？而这种权力一经行使，就具有符咒般无法摆脱的魔力？意味着"上校"——以及所有像"上校"一样的人，他们是强大的行动者，他们的生命中注定有不可解释、无可言说的根部，那是所有超凡生命和壮阔经验中必定伴随的隐疾？还是说，在更广阔的历史视野中、在20世纪的中国经验中，国族的决意和深悲以一种辩证逻辑、无意识的逻辑内在地支配着我们，以至于"上校"毕生都在与国族的他者战斗，与侵犯而来的"鬼"战斗，而在这战斗中他者和"鬼"也被铭刻在了自己身上？或者说，在这巨大的现代性进程中，我们以他者确立自我,而自我中必然地包藏了他者?作为一个刀法传神的外科医生,"上校"难道不能去除他身上的"红字"吗?还是,他最终选择携带这个"红字",他认为这"红字"就是他的一部分?

——我无法说清"上校"是什么,或者他不是什么,但是,我能感到麦家对他的复杂情感,这个人物在整部小说中都不曾被从内部打开和照亮,但围绕着它形成了一种奇异的内在性。麦家和人群仰慕他、惧怕他、述说他,在此过程中,"上校"成为一个巨大的喻体,召唤出人们心中混浊深黑、一直不曾被意识到的潜意识和下意识。

然后,《人海》走向了尾声,这是感伤的、安宁和平的尾声,人海退去,"红字"被遗忘,"上校"在历史中得到了释放。流放者归来,虽然是以一种令人感伤的方式归来——他泯然众人矣,他终于被遗忘了。连他自己也忘了自己,他退行到了童年,再无与他者的斗争。这时,还记得他的只有小说的叙述者:村庄里的那个少年。几十年过去了,少年自己也经历了历史,他成为一个在异国生存的人,他经历了中国人在全球化世界中的奋斗并取得了成功,他面对的世界图景或许与"上校"不同,谁知道呢?少年已老,他回到故乡,希望和解,与故土、与过往、与人海、与自己和解,而"上校"的结局构成了和解的隐喻。

在麦家的自我阐释中,他似乎倾向于强调《人海》的自传因素,把它解释为某种"和解之书"。自传因素或许有,但《人海》的和解却肯定不仅是个人性的。麦家证明,他是一个比我们认为的,甚至比他自己以为的都更为复杂、幽深和矛盾的小说家。这部小说令人困惑、令人不适,这在根本上是因为麦家有意地,可能更多是直觉地表述中国人的现代境遇和经验中纠结缠绕的重重矛盾,由此,它以出人意料的方式触及了中国的现代成长中的一些深层问题。比如,我们或许也可以说,这样的小说是只有在此时才能被一个中国作家写出的,因为这个时代的中国人正将生命能量扩展向全球,比如小说中的西班牙。这时,历史的创伤和新的历史前景并在,《人海》在根本上由此获得内容和形式。

所以,我相信,这部《人生海海》所包含的孤独、伤痛与和解,会比麦家的其他作品经受更长久的解释和探究。它不是一个人性的奇观,而是我们自己的、个人的和国族历史的自我意识的秘史。

2019年5月21日中午改定

桑丘在"魔都"

——黄昱宁《八部半》序

会场上,我读黄昱宁的小说。人们正在讨论网络文学,庞大的、令人眩晕的字数和人数,星云在爆炸、膨胀。我想,在这里,黄昱宁的小说是荒诞的。谁会喜欢这样的小说?

谁会写这样的小说?

她是一个翻译家,英语类的。她是资深的、活跃的编辑,把麦克尤恩、阿特伍德等等贩卖给中国读者——好吧,不是贩卖,她是"世界文学"的织网人和布道者,她写了大量随笔,谈论着从莎士比亚到石黑一雄的成群的陌生人，把他们谈成你的邻居，谈成你自己。为此，据说她还成立了一个工作室，发布一档音频节目。她还是一个主妇，上海主妇；一个母亲，中国母亲。

一个聪明人，精力旺盛的人，热爱生活的人——在汉语中，"热爱生活"通常等于爱吃爱玩爱热闹，好像生活仅仅因为感官享乐而值得热爱，但至少，生活之值得热爱还因为好奇心，对未知的期待和窥探，一种智力的爱欲。

这样一个人，要成为小说家。

——谨慎、犹豫的鼓掌……我想她当然应该是小说家，她都快把自己活成小说了。我的谨慎和犹豫在于，她实际上不像我所熟悉的中国小说家，比如，她太国际范儿，既没有鲜明的地方认同，也没有对中国文学传统谱系的执念；她非常有知识，但肯定没有知识到"分子"的水平；她又是如此家常的一个俗人，但似乎也没有俗到张爱玲那么"精致"。以我有限的接触，此人永远是理智清明、兴致勃勃，我难以想象她曾有多愁善感、顾影低回的时刻。

好吧，她也许是简·奥斯汀——我非常喜欢的一个英国作家。

然后，这个人就写了这本短篇集《八部半》。

——一本非常八卦的小说。作为上海的一个主妇、一个妈,黄昱宁抱有对流言蜚语、邻家动静、社会新闻、电视综艺永不餍足的热情。这本书里的每一篇小说都有如此一个现世和俗世的根底,或者说,当它们汇集在一起时,你能够辨认出一个奥斯汀式的、"姑妈"式的作者,她的视野、她的世界的规模和尺度正好和我们相同。她所关心的事正好是我们在客厅里和餐桌上谈论的事。

但还是有所不同,这些事被她讲述为故事,她的讲述使如此的热闹尘埃落定,回荡着空旷、静谧、孤独、寻寻觅觅的气息。

就像在茫茫人海里,一个人找另一个人,一个声音渴望着与另一个声音相遇或者不期而遇。

这是绝对的偶然,这是注定的错误。

一个人找到或找不到另一个人,由此,一个人赢得或失去他的世界,这是黄昱宁的根本主题,在她看来,这才是现代的元叙事,是不管英国人,还是哥伦比亚人,还是中国人,还是中国的上海人的初始和最终的故事。

由此你才能理解黄昱宁对媒介的痴迷。她的几乎所有小说中,一个图腾、一个内在的机枢是媒介:《呼叫转移》《幸福触手可及》和《三岔口》中的手机、微信和朋友圈，《水星很忙》中的杂志，《文学病人》中的电视，《千里走单骑》中的未来科技，还有《水》中的楼板——这是这本书里唯一的前现代媒介，楼上和楼下的两个人通过楼板互传声息，它暴露出所有媒介的本质：它传递着，也隔绝着。当生活被越来越多的媒介介入时，人们在《文学病人》的孤岛上相互遥望——在《三岔口》中，暴怒的男人把女人推到窗前，他就是要让窗下前来捉奸的妻子放下手机，看看吧！看看吧！能不能真实地面对你的生活、你的世界！当然，我们知道，在那一刻，"真实"不是客观之物，"真实"同样是被创造、被观看的，个中悲怆在于，男人在幻象、隔绝、错误的围困下做出了关于"真实"的表演，他表演的同时露出的是他的绝望。

　　人与他人的关系，这在本质上关乎人如何和怎样获得、持有他的世界。这是最日常的经验，而在黄昱宁的讲述中，这是探险，是错误百出又充满艰难困苦的旅程。在现代的、媒介重重的人间，人已经失去与他人，其实也是与自己的直接、整全的联系，他只能期待着偶然，期待在不可能的可能中邂逅、偶遇，期待着在上千万人口的"魔都"街头奇迹般地找到"那一个",他必须把自己想象为、创造成戏剧人物。

而黄昱宁,她骨子里是多么俗,她崇拜并期待奇迹,她是无可救药的戏剧瘾患者。她的所有小说,每一篇,都起于一个诡诈的、疯狂的念头,一个奇迹般的偶然。然后,她还具有中国小说家们普遍缺乏的禀赋,她具有超强的、缜密的执行力,她能够精确地实现奇迹,她能把不可能做成绝对可能;在这个过程中,她放纵而又禁欲地享受着巨大的快乐,她是魔术师,她是骗子,但是看啊,你永远不知道她会从礼帽里掏出什么,她严肃认真、一丝不苟地看着我们:意不意外?惊不惊奇?

我得说,就讲故事和施行骗术的技术而言,黄昱宁在中国作家中出类拔萃,她已经是一个女麦克尤恩,她也许希望自己是一个年轻的阿特伍德,但她还缺乏阿特伍德那样的耐心,那种女巨人般的自信、丰盛和凶猛。她或许受制于自己的"原罪"——她是个半路出家的小说家,她必须更像小说家,她怀疑自己的天性和天赋,她就像自己小说中的人物一样,怀疑自己能否找到另一个,比如,现在正在读《八部半》的我和将要读《八部半》的你。她必须全力以赴,她就是《文学病人》中遥对万众的作家,她有一种防守型的艺术姿态，她至少要无懈可击。

——在这网络文学的会场上，忽然想起另一种网。在我常去的公园的那座桥上，每一盏路灯都被一只蜘蛛占据，他在这有光的、有温度的地方展开复杂的工程，编织一个精巧的、透明的、有足够黏性和弹性的网。那就是他的世界，如此安稳又如此脆弱。不能想象他会离开他的网，这个网对于他不是外在的，这是从他的内部生长出来的，一点微小的腺体，无休无止地吐出透明的丝。

然后，他等待。或许会有一只昆虫纯属偶然地撞上来，进入他的内部，成为他自己。

他知道有人注视着他和他的网吗？我们读网络小说，看电视剧，玩游戏，发朋友圈，我们书写我们自己和我们的世界——谁说书写时代已经过去？我们难道不是天天在手机屏幕上书写以致手指肿胀？我们编织梦想之网，我们是"头号玩家"，我们要成为我们想要成为的、以为的自己。

然后他期待着，万一某一只昆虫会像掷骰子一样撞到网上。

然后现在，这个名叫黄昱宁的人，她看得见堂吉诃德与风车战斗,看得见人们在幻觉、执念和伤痛中编织自己那张亮晶晶的生活和意义之网。

好吧,这就是区别。我们正在谈论梦幻,谈论巨大的成功和批量生产的抚慰,那炫目的银色和金色。而黄昱宁看着我们,看着我们在梦中谈论我们的梦。

——这是个阴险的家伙。她不是上帝,但现代小说的起源就在于对上帝的僭越,她坐在那里,暗藏戏谑的快意,她从不应许什么,她冷冷地看着我们在织一张假网,她知道风、雨和清洁工的扫帚是更大、更绝对的真实,上帝不掷骰子,而乐于掷一把骰子,让某只昆虫被细若游丝的那一根丝粘住,那其实不是细密的、无所不能的网,那只是一点闪烁的、微弱的联系,但至少,在那一瞬间,蜘蛛或者人幸免于掉下去,坠入虚无。

写小说,对黄昱宁来说是一个抵抗虚无的工程。她当然不是上帝,她只是堂吉诃德身边的那个桑丘,在《文学病人》中,那个名叫"斯芬克斯"的作家叹道:"堂吉诃德虚构了自己,而桑丘是他忠实的读者"。

这句话中的"忠实"包含着相互冲突的两重意思:只有桑丘看出了堂吉诃德的虚构,也只有桑丘把这种虚构对象化,理解为人的命运、人的戏剧、人的斯芬克斯之谜、人的艰难征程。

所有的现代人都是堂吉诃德，堂吉诃德常有而桑丘不常有。在茫茫大地，在嘈杂拥挤、光怪陆离的"魔都"，黄昱宁讲述着，她只讲给你听，她的小说也不过是一根在阳光下需要谨慎精确地调整目光才能察觉的游丝，飘荡着，等着，等那只昆虫。

昆虫你好！

2018年6月10日11时45分

独在此乡为异客

——甫跃辉《动物园》序

甫跃辉写过一篇小说,题为《动物园》。其中,男人住在租来的房子里,他爱上了一个女人,两情缱绻,接下来本就该谈婚论嫁,但是,居然没成。为什么呢?因为窗外的动物园打扰了他和她,动物的气息让他们心有旁骛、心不在焉。心不在焉是个小小的严重问题,结果就是两个人各自"剩"下了。

读这小说时,我一直在为男人和女人着急,不错了,很好了,专心一点别折腾,好好过日子吧。当然,我的祝福感遭到了挫折——很多小说愿意满足我们淳朴善好的愿望，但也有小说家看不起这种好心好意的做法，比如曹雪芹，他就偏不肯让林黛玉嫁了贾宝玉。这样的小说家一边祝福着，一边诅咒着，看到最后，你知道，他最终是站在了人世无常这一边。

人世无常。对男和女来说，有多少力量让他们走到一起，就有多少力量迫使他们分离。但在《动物园》里，似乎并无外力，有的仅仅是某种气息。

这是什么样的气息呢？我想甫跃辉其实也是说不清的，但他相信，有这样一种气息，它不是从外面来的，它来自生命内部，这是"存在"的某种提醒，某种无法言喻的不安。他的小说里的那些男男女女，会在某个时刻，忽然被这种提醒、这种感觉攫住，某件小事、某个偶然机缘，使他们在实实在在的生活中失重、飘浮。

但也不完全是来自内部，而是，"这个世界真安静"。在甫跃辉的《丢失者》中，一个人丢了手机，然后又因为此前接到的一个女人打来的莫名其妙的电话跑到了郊区，当然，他在那里什么也没找到，天黑了，"零零落落的几星灯火，只能照亮路灯下的一小片地面。他连那条让他飞奔的路也想象不出来了。他盯着窗玻璃，看到一张陌生的脸渐渐显山露水：头发蓬乱，颧骨凸出，眼神呆滞，嘴巴歪斜，至于那大得有点突兀的鼻子，让他想到了某部小说的最后一句话——他很讨厌别人注意他的鼻子，因为它看起来像一只裹着硬壳的蛹"。

——小说就这么结束了。这里有一种深重的自我厌弃，这种厌弃、这种不堪自照的震惊从何而来？正如小说所暗示的：这是空间的丧失，这个人，在这个广大的世界上，忽然意识到，他所能够辨认的、属于他的世界只有脚下的"一小片地面"，或许这就是"动物园"？世界之广大只是一种修辞，可以言说，但走不过去，也难以想象。

甫跃辉，生于20世纪80年代，他来自遥远的云南，来到遥远的上海。

有意思的是，这个人处理云南和上海的方式，也是处理他生命经验的方式：云南是云南，上海是上海，似乎各自孤悬，无交集，不呼应。这本集子基本上是以上海为背景，虽然常常语焉不详，但我们确知，这是一座大城，这不是故乡；在这里，人是没有故乡的，没有过去，也就很少回忆。他的小说和他的人物似乎一开始就被禁闭在这个地方,这个庞大都市、这个此时此刻,没有远方——空间和时间之远,有的仅仅是某种来路不明、模糊不清的气息。

他的人物有一个共同特征:他们都没有自己的房子,住在租来、借来的房子里。这个特征具有明确的社会和经济含义,但在甫跃辉笔下,这同时也构成了复杂暧昧的隐喻,指向心与身、意识与现实的割裂游移。

去年评选郁达夫小说奖时,读到甫跃辉的另一个短篇《巨象》,我开了一句纯属玩笑的玩笑:"此人是郁达夫的转世灵童啊。"

我的意思是,如果郁达夫活在现在,如果他不是从当日的浙江抵达东京,而是从云南抵达今日的上海,他会怎样写小说?

他也许会像甫跃辉这样吧?

郁达夫和甫跃辉一样,被巨象般的事物压迫着,满怀自我厌弃,但是,郁达夫把这个"巨象"外在化了,或者说,他知道,他以为他知道,那些令他如此卑微的事物是什么,他把自身的卑微感历史化,直接提升为国家民族的感受,发出向着历史和国族的吁求,颓丧的"小我"在激愤的"大我"中得到安放。

但是，在甫跃辉这里，换了人间。郁达夫知道他在异乡，独在异乡为异客。而甫跃辉，他的意识中没有故乡和异乡，或者说故乡和异乡已经丧失意义，这里就是这里，就是此刻此地。他属于这个近乎绝对、无历史的此刻此地，因此他也同时感到自己是一个无可解脱的异客。郁达夫有一种由意识的地理学转化而来的政治学，而甫跃辉没有。周围高楼林立，他似乎已经来到了世界的尽头。在《丢失者》中，主人公冒险前往上海的远郊，但这并不是供他向往的新天新地，他感到惊悚不安，对他来说，这更像是一场梦魇。

——从郁到甫，构成了中国现代性演进遥遥相对的历史面相。

甫跃辉小说中的人物都是从外地移居此地，他们没有房子，是白领，但谈不上富足，他们在这个城市处于一种粒子般的飘零状态，有时他们忽然发现：除了那具不高不帅的肉身，原来他们并不拥有世界——汉娜·阿伦特意义上的世界，那个在交往中感受意义的空间。

很多人会在甫跃辉的小说里依稀看到自己，而如果你要认识作者，也许只需要看他的小说：他本人很像是从他的小说里走出来的。

这位年轻的小说家，师从名家，受过很好的训练——中国的小说家和读者都过于相信才华，才华当然重要，其重要性就相当于妈妈得把我们生下来，否则一切无从谈起；但生下来不是万事大吉，还需要教育和训练，使才华成为有效的和持久的。

甫跃辉力图表现个人世界的枯竭——他使枯竭转化为意识，变成被我们想到、认识到的事物，这本身就是一种重建世界的努力。这种重建需要自创一套表意系统，他无法像郁达夫那样直接征用现成的概念和词语，他要诉诸意象、象征、隐喻，在沉默之域努力意有所指。

这恰恰是甫跃辉的才华所在，他具有敏锐的、受过训练的写实能力，更有一种阴郁的，有时又是烂漫天真的想象力。就如《骤风》那样，突如其来的大风如此奇幻、如此具体细致地呈现了世界；这份想象力也许会把他救出来——他现在的小说似乎也面临着深陷此时此地的危机。

2013年4月14日上午匆草
5月4日改定

博物馆中长眠不醒之梦

——杨好《黑色小说》序

我对你的建议是,跳过这篇序,把它翻过去,直接读小说。读完了或者读不下去时,觉得很有意思或者很没意思时,再回来,看看这篇序里在说什么。

首先我要说的是,由我充当《黑色小说》的作序者,其实不是一个好的选择。因为,我可能不是这部小说理想的、预期的读者。你可能会以为我要接着谈论我和作者杨好的年龄差距,我生于20世纪60年代,而杨好生于20世纪90年代,但是不,我并不认为这是什么了不得的问题。我和杜甫、莎士比亚的年龄差距远远大于我和杨好，这并不妨碍我感受杜甫的苍茫多病、跟着莎士比亚悲叹或狂笑。所以，问题不在于年龄，当然也不在于经验的表面差异，问题在于，看完《黑色小说》，我发现，我和杨好不能共享时间，也不能共享空间。

想必你已经知道，这部小说中的男主人公M热爱雷蒙德·钱德勒，就是那个写出了《漫长的告别》和《长眠不醒》的家伙。看到此处，我不禁放了心，因为我也喜欢钱德勒，我想我至少与M和杨好有共同的朋友，我可以期待钱德勒那个黑色的世界在这部《黑色小说》里展开。但是，我的期待并未完全实现——杨好根本不打算写钱德勒和那些我关心的事，比如这个世界的泥泞和正义，她以另一种方式与钱德勒相遇，她把钱德勒洗干净放在锅里煮，提纯、蒸馏，最后得到一个透明的、本质化的、无限大而无限小的镜像：就像冰凉的星际空间，人在都市中飘荡，陌生，疏离，人和人的偶然相逢和必然相忘……

——如果仅仅是这样，那么我和杨好并没有太大的分歧，我可以和杨好、和钱德勒我们祖孙三代坐下喝几杯小酒。但是，这里有分歧，它发生在我和杨好两个中国人之间。这部小说装置在一个坚实的地理、政治和文明的空间结构之中：此地是英国伦敦，远方是中国北京。任何一个像我这样训练有素的中国文学读者都会立刻从这个结构中嗅到危险的气息，喉头哽咽，肾上腺素加速分泌。我们不由自主地紧张起来，我们期待着复杂的纠葛、激烈的情感、艰难的抉择，期待着一个中国人在这种结构中必须和必定会有的焦虑和伤痛，这些从郁达夫开始就铭刻在我们的文学中，它是一个中国人在现代世界的空间政治中的宿命和危机。但是，我们白期待了，对于我们的期待，杨好几乎无感，至少也是淡漠的，她的叙事不涉国族与文化之认同，中国就是中国，英国就是英国，《黑色小说》中的男孩和女孩从中飞到英，其实和从北京飞到上海没有多大区别，尽管是跨国的迁徙，但这种迁徙本身却失去了情感和政治能量。

　　对此，我不得不诉诸一个破旧的解释套路：杨好他们真是年轻啊，时间把他们从历史中释放出来，他们是全球化的一代，属于黄金时代或镀金时代，这代人中虽非普遍但足够深刻的经验是，中国人作为持币者、作为消费者在世界上的出现，出现在伦敦，出现在哈罗斯。他们大概并未深思其中的意义，但他们中的有些人，比如杨好，已经不知不觉地终结了中国文学在现代空间政治中的创伤记忆，空间不再是历史的空间。

——这使我感到错愕不适，如此处理一个中国人的海外经验是前所未见的。同时，我还得承受另一重不适：杨好让她的男孩和女孩在伦敦、在苏格兰冰冷的海边探寻人生意义。好吧，人总得为自己建构意义，哪怕在火星，但我惊异地发现，她和他所做的竟是对18世纪苏格兰一位汉密尔顿公爵的索隐和探寻——当然，没有结果。事实上，无论W还是M，他们一开始就并不知道要从汉密尔顿公爵那里寻找什么，在这里，令人惊异的不是虚无，而是抵抗虚无的方案：在他们几乎是无意识地取消了空间的政治性，也就是取消了时间的历史性之后，这男孩和女孩是要建立自己的时间壁龛，用DIY出来的私家历史编织和铭刻意义，这相当于一个人为自己发明一种语言：汉密尔顿公爵以及相关的事件根本不是生产意义的历史，而只是"过去"，是不可复归的死去时间的残骸。这位公爵和中国男孩女孩之间并没有任何给定的关系，就像所指任意地选择能指，他和她只是任意地选择了公爵，这件事里所隐含的不祥和绝望在于，他们各自在空中建造的楼阁注定无法供自己居住，也注定无法相互分享或与他人分享。"意义"失去了意义，人无法获得他的世界——《黑色小说》中黑色与白色、M与W、男孩与女孩之间的对位和隔绝，注定了小说会结束于、封闭于死亡，那是时间的崩溃和终结，一切都不可能被记忆和讲述。

所以，《黑色小说》是一部拒绝的小说。杨好既不想说服你，也不想说服我，她甚至也不想说服自己。但是，这样一种冷淡的讲述隐隐散发着奇异的魅力——现在让我们回到钱德勒，《黑色小说》就是一场"漫长的告别"，它的结构、它的语调，M和W从一个场所和场合移向另一个场所和场合，人群渐远，一个人默默地完成她或他的仪式。是的，叙述的魅力来自这种既空洞又庄严的仪式性，一种异教的、世界之边缘和角落的仪式，供奉着幽暗模糊、难以辨认的神祇——在这种仪式中，物质被耽溺着又被弃绝着，世界呈现为等级和秩序，但这种等级和秩序又被"博物馆化"。实际上，整个英伦都被博物馆化了，M和W，他们与其说是游荡在作为人间的英伦，不如说通过他们的游荡，通过一个参观和自我投射的仪式，把英伦变成了一座庞大的博物馆、一个梦境，他们在其中长眠不醒。

——这是杨好的创造力之所在。话说到现在，我想我在某种程度上解决了我和杨好的分歧，回到现代以来中国文学关于中与西的叙事谱系中去。在底部始终暗自支配着中国人的历史焦虑在于，我们在这个现代世界中正在被"博物馆"化，我们是被参观的，失去了我们的历史而被封闭于过去。而在杨好这里，这份焦虑与伤痛以一种倒转的方式获得了解决：她去往西方，而西方成了"博物馆"。

我不知道这是杨好的深思熟虑还是她的本能直觉，这至少植根于她的经验——她正是在英国成为一位研究文艺复兴绘画的学者。

好吧，来自中国的读者，来自历史正在浩荡涌动之地的人们，欢迎来到《黑色小说》，欢迎来到英伦博物馆。

2019年2月24日晚7点

永远在而不在

李诞《候场》

　　这本书毫无价值。它或许只在一个意义上可以被称为"小说"——它是小小的说，一个人对着自己，推敲自己，僧敲月下门，他把自己当成了一扇门。

　　但是，这依然可能毫无价值。因为，这小小的说或许也依然是大大地说，这个文学青年，他的心里驻扎着一支合唱团，每敲一下都是前人的回响，他敲得越真实，他就越寂寞。

　　然后，你只有把这本书和这个人联系起来，这件事才有了价值或者意思——这个人我们熟知，这个人一直在喧嚣、机敏、流畅、过于机敏和过于流畅地表演自己，我们围观他的表演，大笑、鼓掌，然后这个人在我们中间，也看着自己，他真的感到委屈和厌倦，他被自己的笑和我们的笑笑累了，他疏离，他逃离，他对自己说："我不是我。"

然后，他开始推敲，他越推敲越寂寞，因为关于"我"，他其实也说不出什么，或者说，他心里的合唱团在四分五裂地吵架。当他说出这一句时，下一句就跑题，就反对，就开始后悔和哄笑，无法连贯，无法流畅，无法自圆其说成为你们所认为的"自我"或者"小说"。

这件事的价值或意思在于：在这个大说特说、人人直播的时代，一个最能说的人，其实并没有什么话可说。这是说的枯竭，是自我的荒原。

2020年10月31日上午

村上春树《弃猫》

没有人知道一只被遗弃的猫是如何回来的。它在家里，但它自闭在它自己的内部，伤口愈合，但它长在了伤口中。

村上春树直截了当地将自己的父亲比作那只弃猫。《弃猫》只是一篇散文，但对村上春树来说，它就是一部书，关于他的生命之根本的书。

根本之书是艰难的，是从沉默、黑暗之海中辨认和打捞碎片，是艰难地触及难以言喻之事，所以，《弃猫》成了村上春树最朴素、最简约的一部书。

村上春树对20世纪日本军国主义战争的批判从来是清晰、坚定的。在《弃猫》中，我们看到，这不仅是出于一般的人类良知，也是出于深刻的生命体验——那位父亲在战争中活下来了，由于种种不可知的偶然，他成了那只回家的猫，他沉默着，封闭于罪感、耻感、惊惧、孤绝之中。

村上春树一直遥望着父亲，这个人是否杀过人？他经历了什么？

在这样的遥望中,村上春树形成了他对世界的态度,他的所有小说原来是从这里出发的,他无法信任、无法理解他的世界,他和父亲的联系在于,他也成了那只自卡夫卡的海边归来的弃猫,永远在而不在,永远在自己的内部流浪。

这个小说家,他一直讲的就是弃猫的故事。他酷爱跑步,这或许也是下意识的身体反应,一只弃猫的奔逃。

2020年12月15日

另一种"客观"

——熊莺《远山》序

田园将芜,远人不归。熊莺写了这本《远山》。

在暮色降临的大地上,这本书轻如鸿毛。熊莺所写的那些人——那些留在山村里的孩子、那些无依的老人,他们大概不会读这本书;而人在远方的孩子的父母、老人的儿女,他们更不会读。

那么这本书写给谁?

如同一般的非虚构写作一样,这本书是一个行动,熊莺走过很多山村,与孩子和老人交谈,在此过程中,她知道她会写一本书。我相信,她不得不思考,在这个世界上，是否有什么事会因这次行动而改变，哪怕是一点点。熊莺的远行不是游山玩水，她的远山之"远"主要不是地理的，而是相对于某种总体性的意识结构而言的。她的行动是一次实践，一本书并非实践的终点，它应该在阅读者的意识和生活中延伸。

正是这个问题，最难将息。

不久前，我读了阿列克谢耶维奇的《二手时间》。读的时候，我常常感叹："那些人，可真能说啊。"整本书由诉说构成，那些俄罗斯人，在经历了历史巨变之后，他们在录音机前，面对着一个采访者，说出了如此之多的话。历史如此清晰地在个人经验中呈现，一切似乎都可以形诸话语，滔滔不绝。

也许是，他们意识到他们参与了历史，他们的诉说和他们的愤怒、悲伤、迷惘都有一个对象，就是历史；历史以明确的时间线索提供了叙事，指引他们整理和组织经验，形成意识和话语。至少在诉说中，他们将自己历史化了，由此，个人生活变得有意义或无意义。

而《远山》中那些孩子和老人，他们的话很少。如果熊莺把录音笔放在他们面前："现在，说吧！"双方将会陷入难堪的沉默。

他们对着什么说呢？怎么说呢？关于乡村的变革，关于土地的流转、关于离散和远行，这一切当然是三千年未有之大变局，但谁曾活过三千年呢？历史的和经济学的话语并未充分地进入个人意识，中国的农民不善于自我表达，这并非由于知识水平和心智水平，而是，他们大多数时候是被说的，远方的话语在他们的经验之外运行。

所以，竟是无话可说。每一个坐在对面的人，都被围困在孤独的个人经验中。《远山》中最令人难以释怀的是那种沉默。我们看着熊莺在村庄中奔走，我们知道她希望和那些人深入交谈。但她不得不以自己的声音补充那广大的沉默，不得不在她所携带的社会历史景深中解说沉默。这就好比，一个摄影师拍摄人像，人是真的，背景也是真的，但图像中人对自身的背景并无意识。

在这里，存在两种时间：历史的时间和个人生活的时间。熊莺的表以历史时间为标记，她明确地知道，那些老人和儿童的命运属于一个规模巨大的历史进程，但问题是，老人、儿童或者他们远在他乡的亲人，并没有熊莺手上的那块表，他们不是按照那块表组织意识和话语的。这里的历史更像年鉴学派的长时段历史，它不提供故事，它不被意识到，它如同空气、水和土地，是沧海桑田，但也是日复一日，人们在其中生老病死，如草木枯荣。

　　熊莺在两种时间之间，想必充满了挫折感。作为一个转述者，她面对特殊的难度，就像油与水不相融。这个城里人、这个去往远方的人，她赋予行动和写作实践意义，她显然认为自己应为某种改变尽微薄之力。于是，她无法像阿列克谢耶维奇那样自信，相信自己与对话者分享着共同的历史意识或历史感，她也无法像另一个非虚构写作者梁鸿那样，把"改变"的向度悬置起来。她力图使两种分裂、隔绝的时间达成一种统一的意识，但她又是如此慎重，她并不确信自己能够改变什么；她的挫折感来自她很像一个知识分子，但同时又对知识分子式的傲慢、自信怀着警觉。所以最终，她在这本书中更像一个羞涩的、善良的、力图分寸得当的客人。

　　生活中的熊莺也正是这样的人。此身原是客，不做惊人语，在远山之间，这恰恰成为一种诚恳、有效的态度和方法。熊莺小心翼翼，对远山之事怀着敬慎，她讲出了关于真实、关于爱、关于困顿劳苦、关于失败和凋零、关于孤独离散的种种故事，讲这些事时，她深知，煽情是轻浮的、评判是轻率的，阐释是残酷粗暴的，她几乎是怀着歉疚在述说——一种对述说本身的歉意，一种来自自身世界的歉意。

回到那个最初的问题：这本书写给谁呢？我以为，熊莺是写给自己的，写给她出发的那个世界的。她欲把"远山"引入这个世界的总体意识，凭着这本书，她意识到远山的人们不是"他们"，而是"我们"，是我们的身体上麻木的一部分，是我们在奔跑中遗落的一部分。尽管这件事其实已经通过媒体、通过公共讨论逐步设置在我们的意识之中，但熊莺那几乎是出自本能、出自心性的羞涩和歉疚却作为具有内在性的实践为这一过程提示了新的向度：远山不是仅仅靠着移情、修辞乃至政策的认领就能够回归；在移动远山时，我们必须改变自己——我们是客，此山为主。这里的人们自为主体，问题不仅在山向我来，更在于我向山去，而这需要另一种"客观"：熊莺笔下那种伦理的和美学的谦卑、自制、迟疑、羞涩。

轻如鸿毛的书，轻轻地、珍重地飘荡在远山的沉默和我们奔腾的喧嚣之间。

2016年10月5日上午

再过一遍,让此生明白

——殷健灵《访问童年》序

放下殷健灵《访问童年》,只觉得蒹葭苍苍。这不是一次快乐的访问。——童年难道不是快乐的吗?好吧,我们一向是对孩子们这么说的,我们希望他们快乐,我们以为他们快乐,世界之重还没有压在他们身上,他们怎么会不快乐?我们把我们的愿望、自欺、冷漠当作了事实。即使他们在哭泣,即使他们在角落里惊恐地看着这个世界,我们也并不在意:好吧好吧,过来抱抱。但说到底,他们懂什么呢?很快都会过去。

读了《访问童年》,我现在想做的事是,找一个下午,阳光不要那么明亮,在阴影中,殷健灵坐在对面,就像她在这本书里坐在那些人对面一样,和她谈谈我的童年。

这没那么容易。我怀疑我没有童年,因为实在没有多少童年记忆。我无法像很多作家那样宣称:写作源于童年。我记不起童年的快乐,也并没有感觉到明显的伤痕,我就是健忘,我勇往直前,我扬长而去。

不知道殷健灵会怎么对付我这样一个受访者,我的问题不是捂着一个盒子,我把盒子丢了。

我相信,她会有办法的。她不仅是善解人意,她也不仅是亲和、令人信任,作为一个卓有成就的儿童文学作家,她有充分的心理学准备,但更重要的是,以我与她有限的几次交往来看,我感到——我不知道我说得对不对——她本人是一个敏感脆弱的人。这样一个人,必是敏感于人的疼痛与沉默、麻木与遗忘,对人的无言以对和千回百转感同身受。

所以,我能够想象,那些受访者或许终于发现,他或她碰到了一个人,愿意陪伴他们,回到最初的梦境,回到荒野,找到和打开被封闭、藏匿、丢弃的盒子。

这不是令人羡慕的工作,一定很累。特别是,殷健灵很可能还是个焦虑的人,她可能从童年起就被焦虑、不安全感所纠缠——我的意思是说,一个人经历了什么样的童年,才让她对重访童年有如此执念?

她必定采访了比这本书里更多的人,必定有很多人最终不能打开。而那些打开的人,我们看到的并不是全是快乐——当回望童年,我们也许会找到快乐,也许常常发现缺憾和伤痛。

那些被殷健灵打开的人是幸运的。他们终于、终于碰到了一个人,如此耐心、如此审慎、如此体贴地帮助他们进行一次回访,把无以言表之事意识了一遍、说了一遍,这就像把此生从头又过了一遍,而这一遍过明白了,即使是失败和残缺也便释然了。

而对我这样的读者来说,我陪着这么多人把他们的童年过了一遍,我在很多人身上依稀认出自己,我常常会惊异地发现,被我遗忘的,竟被他人记起,原来是,千万人的命运中就藏着我自己。

然后呢,我想我们都会更珍重地对待自己和对待他人。当然,我们也会更珍重地对待我们的和别人的孩子。这人世上所有的孩子,人们向他们承诺了快乐,但我们知道,人们常常没有做到。

这本书超出了我的预想：它竟如此宽阔饱满，它不是透明的，不是纯粹的，它不是童话和神话，而是百感交集的漫长旅途。人被童年所塑造，人也注定向着童年争辩、反抗和逃逸，人渴望与他的童年和解，所以人需要访问童年，在记忆、修复和创造中与自己、与世界和解。

我不把这本书看作一本童书，它是人之书，是爱的教育、情感教育。那些回忆童年的成年人，他们每个人都既是教师，也是学生，每个人都在修行，他们证明，记忆的能力、通过记忆推敲自我的能力，这就是善好人性的根本保证。

为此要感谢殷健灵，她当然不仅是一个记录者，她召唤记忆，她让混沌的生活和经验自沉默中浮现，获得意识、语言和形式。她是创造者，因为，她对一个又一个人说，要成为完整的人，要有光。

2018年6月21日凌晨初稿
10月21日晚定稿
11月15日夜修订

踏月而归,世上人稀

——《樱花乱》序

《樱花乱》一部,写东瀛日本之花事、人事,钱塘女史萧耳所撰。

东瀛樱花最盛,然西湖边亦有樱花。春三月,杨公堤畔,明月照人闲走,蓦然间,水边一树樱花,无人知,正放正落。

站在那儿看着,就觉得,该有一支笛子响遏行云,把心拔到天上去;就该有一支尺八,喑咽侘寂,把心一寸寸沉到水底。

樱花看罢,踏月而归,世上人稀。

萧耳是杭州人,应看过西湖樱花。对我来说,此樱彼樱,皆樱也,天下樱花只是一棵;但萧耳是不一样的:萧耳爱远方,中产阶级爱月亮,萧耳浮槎于海,飞去飞来,也不知跑了多少趟,偏要看日本樱花。

关于萧耳如何不一样,有必要在此略说几句。

比如,萧耳此人,我与她相识十几年,一共坐过两次她开的车。头一次是什么车我忘了,第二次我记得清,因为那是一辆可上山、可越野、可以开着打劫或者亡命的雄壮的SUV,萧耳开着这么个庞然大物在杭州城里转啊转,那时尚未进入智能通信时代,没有导航,萧耳找路基本靠自问自答自疑惑:咦,怎么还没到啊?咱们现在到哪儿了?别急啊,慢慢走,总能到哒。

我不急,因为上一次坐她的车就曾迷过路,萧耳迷路一点不奇怪,我只是觉得萧耳这么多年在地球上飞到东来飞到西,一直没把自己丢掉,这是一件奇怪的事。

萧耳喜欢的事,包括糊涂和迷路,不糊涂、不迷路怎么会误打误撞进出桃花源或樱花源?除此之外,萧耳喜欢花,喜欢十几年、几十年的陈年老友,喜欢乱翻书,喜欢闲聊天,喜欢精致的器物,喜欢摇滚,喜欢茶……

总之，萧耳此人，历了几世几劫，本来大概也是什么山什么峰下一块废石，然后过了南宋，与姜白石为友，到了晚明，与张岱厮混，是个没用的人啊，是个讲究的人，她所讲究的事甚多，也可以说唯有一事，叫作美。

对萧耳来说，美是检验真理的唯一标准，以此为标准，她为自己建立乌托邦。这样一个人，写一部《樱花乱》，上卷名为《花落》，洋洋洒洒皆是花事、草事。跟着萧耳看花去，诚为人间一乐，此人也不知读了多少日本书，也不知看了多少东瀛花，她目送落花，手挥五弦，随口唱花名，想怎么写就怎么写，想写到哪儿就写到哪儿。怎么写都是一树花开没道理的好；怎么走都迷路，但路若不迷，哪里有良辰美景奈何不了的天？

读着《花落》，忽想起这萧耳必也曾是紫式部的闺蜜、清少纳言的知心。《源氏物语》《枕草子》的好，也正在不用心。紫式部与清少纳言皆在深宫之中，经历盛衰兴废，看着高楼起，看着白茫茫，但奇怪、有意思且今日的读者、观众理解不了的是，回首前尘，写一部书，竟然无宫斗、无机心、无谋略、无怨恨，只记得月色潮声，只记得人间欢好寂寥。所以，她们的书皆是随便无结构，因为并无执着的目的要成功，要当皇帝或皇后，所以只是此生此世信马由缰一路走，走着便是好的；走到后来不复得路，书也就写完了，也不过花落、刀落——花离了枝头，人等来了命里的刀。

《樱花乱》的下卷是《刀落》，写的皆是日本史上人事。写英雄写枭雄，写武士写名僧，写茶人写俳人……写花事无成败，花开了不是成，花落了也不是败；写人事难免成败，难免考究人生的路如何走。对此，萧耳实不在行，每当萧耳想谈谈，我就感觉是坐在她的车上，听着她自言自语地嘀咕："怎么回事啊……"好在萧耳眼不在焉，心不在焉，她看人也如看花，看的只是美不美，好也罢坏也罢，成也罢败也罢，她所见所赏的只是那风仪，那姿容，那刀光闪亮、鲜血迸溅……

——这当然是有问题的，我很不赞同。人毕竟不是花，或者说，在人这件事上，美不美实在和好不好、对不对脱不了关系。当然，有时候，好不好、对不对判然分明；但有时，说清好不好、对不对也是天大难事，难言矣，难矣哉！英雄如曹操、"英雌"如武则天，都是一眼看到了底，随你们说去，谅你们说也说不明白。越说不明白就越有人说，明白人相信自己说得明白，糊涂人如萧耳则只说一件事：美不美。她可真是精神上的颜控啊，她所要的是摩罗之诗、摩罗之力，她要绝对和极端，生命便该是樱花，只有浩然盛放和断然飘零，只有这两个瞬间。

好吧，萧耳就是这样一个人。十年前，我给她的书写过序，那是《小酒馆之歌》和《女艺术家镜像》，书里都是西洋文化史上的奇人怪杰，是人性、天才与激情的种种灾难现场。那时我就知道，萧耳有一种峭拔偏执的趣味，她爱刀锋上的舞蹈。这么多年过去了，她一切安好，兴致勃勃，依然爱刀锋，爱刀锋上的花与人，而且文章越写越好，最好时如樱花之乱，令人深哀。

2019年6月9日

苍苍横翠微

——舒洁《母亲》序

那天,舒洁兄告我,他完成了长诗《母亲》,命我写一篇序。

由那时起到今日,已经将近两年。疫情之下,诸事无定,《母亲》的出版一再延宕。我为《母亲》写的序也拖到了今日,在我的拖稿史上创了一个纪录,但这却另有缘故,与出版无关。

事先不曾想到,为《母亲》写几句话竟如此艰难。这两年里,几次从文档中找出《母亲》,从头再读,想把那篇早就应下的序写出来。但读着读着,便觉天苍苍、野茫茫，中心如噎，此生、命里的无边事、无数话被这诗放了出来，漫天飞雪无从收束，不能成文。几次如此，开个头，戛然而止。

我曾力图作为一个"批评家"超然地谈论这部《母亲》。比如，这是一部如此浩大的抒情长诗，作为长诗，它竟基本上不诉诸叙事，它纯任抒情，它是草原上的长歌长调，如此悠扬，如此饱满，这情感的长河是诗的奇观。

我还可以说，这部现代的抒情诗，竟是一次漫长的祈祷——这种祈祷的姿态呈现了与现代诗歌传统的某种断裂，这个抒情主体，他为自己确定一种低伏的位置，对着母亲、对着天地低伏，他是如此有限，唯其有限，他浪于大化，领会无限。如果说，现代新诗的抒情正脉在于主体的发明，《母亲》却是回到了中国抒情的隐秘根基——那不过是天地间、生死间，人的缠绵悱恻、无名无主的感叹。敬文东先生曾说中国诗学是感叹诗学，《母亲》的诗学也是感叹，感叹而祈祷。

我还可以说，在这首长诗中，我明确地感受到舒洁作为蒙古族人的热血。蒙古族人的声音，它的调性和速度、它的力量和宽阔有力地进入汉语，由此再度证明，作为一个伟大的共同体，少数民族的声音和书写对于汉语至关重要。

我还可以说，这是一部现代的《奥德赛》——请不要拒绝比较，在比较中，我们才能知道我们何以是我们。和《奥德赛》一样，《母亲》终究也是还乡，也是人在大地上的流浪。对奥德修斯来说，游子不能还乡，或由于卡吕普索的挽留，或由于海妖塞壬的歌声，这都是此时此刻的此在的诱惑，由此，《浮士德》其实已经隐伏于《奥德赛》："如果我对某一瞬间说：'停一停吧，你真美丽！'"这时，浮士德博士是另一个奥德修斯，那个最终拒绝还乡的人。而在《母亲》中，每一个瞬间都是此在，也是还乡，胡马依北风，越鸟巢南枝。它确认流离——如同确认我们之出生——同时，以长久的遥望、依恋和倾诉重建自己的内在根性。所以，这必定是抒情的，不是叙事的，它是情感的流溢、不是行动的戏剧。

....

但是，我无法深入地谈论这些话题。固然是因为，我只是一个普通读者，我并没有做出分析和判断的充分知识准备和诗学修养——每次谈诗，我都要隆重强调这一点,这是坦诚地道出实情,但也是为了防御,这是卑微的空城计,尽管并没有人真想攻进我的城池。

但更重要的是,我无法仅仅把《母亲》当作一部别人的作品。舒洁在歌咏他的母亲,但是,他的诗让我想起我的母亲。

——这才是困难所在。几年来,我一直想为我的母亲写些什么,但最终没有写出。我发现这是困难的、艰难的,我有无穷的话要说,我无话可说,或者,任何言说都是无力的,都觉得,还有更要紧、更根本的话无从说出。母亲是我们生命中的自然和根本,以至于,我们其实无力深究,找不到触及自然和根本的语言。

或许吧,终有一日我能写出来,写出我的母亲。但是,也可能,我永远不会写,把一切留在文字之前,珍存于沉默和遥望。

正是因此,我对舒洁的《母亲》深怀敬畏。我知道,这有多难。舒洁其实是经历了一次生命内部的"奥德赛",这巨人般的儿子,历尽艰险,寻找自己的母亲。

对此,作为读者,作为一个为人子者,我满怀感激。很多次,面对离去的母亲,我只是想起一句诗:

"却顾所来径,苍苍横翠微。"现在,几次重读《母亲》,我想,有这样一个诗人,他竟写了翠微之诗。他的诗是我们的诗,他的母亲是我们的母亲。

2021年4月清明初稿
4月12日改定

一盏灯如何点亮

——《黄玫瑰》

在《黄玫瑰》这部影片的开头,黑暗与惊悚迅猛袭来:手术台上,婴儿降生,一滴血正从医生的手指沁出;一个护士正在学习为艾滋病人注射药物,人们屏息注视,她必须谨慎、精确,她不能出错;一个艾滋病人从医院狂奔而出,而同时,在手术室里,医生得知产妇就是一位艾滋病毒携带者……镜头快速跳接,危机局面赫然呈现:不仅仅是艾滋病,而是恐惧本身在生长蔓延,对疾病、传染和死亡的恐惧正在毁坏人和人的关系,那是一种非理性的、令人惊恐的力量。对病的恐惧转化为对他人的恐惧，在人类历史上，多少次类似的灾难都会导致社会的崩坏。

《黄玫瑰》就是这样开始的。这部影片的关切点不仅仅在艾滋病，它讴歌人的光荣；它探索和确认那些让人们克服恐惧、有情有义的精神品质；它点起一盏灯，把黑暗渐渐照亮，在光亮中，人们向对方伸出了手，直到阳光照耀大地，阳光把我们从情感上深刻地连接在一起。

在影片的最后，那个执灯的人离我们而去，她在整部影片中一直在准备迎接自己的死亡，向死而生，她确证了生的意义、死的光荣。她是一位艾滋病防治的医生，名叫邹笑春。实际上她并非虚构人物，在辽宁抚顺，就有这样一位名叫邹笑春的医生，她已经罹患癌症去世，但她的事迹广为传颂。

邹笑春这样的人就在生活中，我们的共同生活有赖于无数这样的人的尽责与奉献。人世有大信，正是因为我们确信邹笑春们就在我们身边。但是，当邹笑春成为一个电影人物时，当她不仅是生活中自在的个人，而是被想象、认识和表现的人物时，她也对编剧和导演构成了考验：即使生活中确有其人、确有其事，我们也未必能够赋予她充沛饱满的生命,特别是,当我们面对一个好人、一个高尚的人、一个纯粹的人、一个脱离了低级趣味的人,她向我们提出的问题就是,我们能不能跟得上她,我们有没有足够的能力去接近她、想象她。

所以,摆在这个时代的文学家和艺术家面前的问题是,我们是否具有"善"的想象力、"美德"的想象力。我们是否正被一种畸形发育的"暗黑"想象力所支配,津津乐道于人的低下、猥琐、凉薄,我们对人的机心和私欲满怀兴趣,我们致力于证明生活和世界可以变得如何破碎不堪。但是,现在,当我们面对一个好人,我们会一下子变得贫乏、无能,因为我们可能在内心深处就不信人之善好,我们无法想象崇高正大的人格、无法理解人为了止于至善的卓绝奋斗,然后,我们就只能把真人写假,把真事写成令人厌烦的苍白套话。

而《黄玫瑰》经受住了考验。这部影片使邹笑春由一个真人变成了一个艺术典型,她活生生地站在我们面前,有着感人至深的说服力。人物不是某种抽象品质的符号,人物携带着她的个人史和社会关联,她之所以是邹笑春,是因为她在自己饱满整全的生命中经受考验,探索向好向善的路。所谓饱满整全,不是一味地追求性格的复杂和冲突——我们已经习惯于将人的复杂想象为性格的四分五裂——对善好的、自觉的人生而言,一个人的高远壮阔正在于他在存在的诸多面向中追求并抵达了自我的整全。正如邹笑春,这个具有献身精神的医生,她以她自己的方式成为深情的妻子、慈爱的母亲,她以拯救生命为职志,同时她无力地经受着自己生命的熄灭。编导者的想象力从来没有把她的不同身份割裂开来,从来没有在生命的基本经验和基本价值中强分高下,在编导者看来,人对善好的追求和持守同时也是对人生整体的珍重和爱惜,是一种深邃的幸福。

这种幸福或许是所有人都能感受、都在追求的,但是,使得邹笑春成为"持灯者"的,是一种更高贵的品质。她不仅是个人意义上的"好人",她有一种激情、一种坚韧绵长的信念,把善好推向更广大的世界——爱自己、爱家人、爱朋友,然后,爱职业中所遭逢的人,爱那些不幸的人。这可能是累的,也可能是难的,没有人会爱上累和难,但是,正是邹笑春这样的人,他们坚信一个人对他人、对广大的共同生活的责任,在"推己及人"的艰难苦累中,一个人超越了个人生命的虚无。由此,邹笑春成了英雄——她是一个尽责的、具有职业道德的医生，她之所以深切地感动我们，是因为她不仅是技术理性和责任伦理范围内的尽责，她使责任变成了自己与一个又一个具体的他人的情感关系。她确信，她面对的不是一个个无名的工作对象，她不仅竭尽全力维护患者的生命，而且使她周围的人们体认到生命的尊严和意义。

——这样一个人，就是一个高尚的人。邹笑春就这样点点滴滴地驱散了影片开头的黑暗与惊悚，把人从恐惧、疏离、冷漠和逃避中带出，我们跟着她走向明亮的天地，我们渐渐地确信，生命绝非虚妄，生命的意义正如一盏灯，照亮自己也照亮他人，由此守护社会、守护我们共同的生活。我们都知道，这正是生命的善好完美，是一个人在广大世界中的实现，令人感佩，令人向往。

"用明德引领风尚"，这是习近平总书记对新时代中国文艺提出的希望，《黄玫瑰》正是一部感人至深地照亮明德的影片。它的根本经验其实是朴素的：在中华民族的基本经典《大学》中，开头一句就是："大学之道，在明明德，在亲民，在止于至善。"追求至善的过程便是修身、齐家、治国、平天下，这也正是一个人不懈追求生命的整全、不断向着更广大的世界承担责任的过程,这个过程中,他始终举着那盏明德之灯,刚健而坚韧,深情而阔大。就像邹笑春,她走了,但她让更多的人有勇气、有力量去拥抱他人。

2019年6月5日晚8时

想象一种具有"地方根基"的批评

——《黑龙江文学批评书系》总序

《黑龙江文学批评书系》汇集十五位批评家的文集。他们的文学观念和批评进路当然各不相同，所同者，这十五位批评家都与黑龙江这片土地有着深刻的联系，或者生于斯、长于斯，或者求学于此、工作于此。

地方和地理的意识一直是中国文学的一重内在结构，自古如此，于今尤甚。《诗经》十五国风，已开先河。如果确实是孔子删诗，那么这位伟大的编辑家是以"天下"的政治、地理的空间秩序作为文学的分类原则。他的洞见与发明在于，确认了土地、人群、治理、风俗与文学风貌的直接联系，这种联系不仅是实然的、经验的，也是伦理的。现代以来，谈起中国文学，作家的地方与籍贯一直是常规的批评维度之一，或者说，我们有一个认识装置，在这个装置里，一个地方如一面巨镜，一个乃至一群作家总要在这镜子里被观察、界定和指认；反过来，一个地方的一代代作家所积累的文学经验也不断印证和扩展着这面镜子，从而构成了文学的地方性传统。

于是，当我们谈论黑龙江文学时，我们可以从萧红、萧军、舒群、罗烽、白朗开始，一路列举到今天。而现在，当这套《黑龙江文学批评书系》摆在面前，我们需要思考的是，"黑龙江"或者某种地方性对于批评家来说意味着什么？

当然，按照文学生活的常态，一个批评家总会对自身所在或桑梓之地的作家作品给予特别的关注。在这个过程中，地方性自然会成为他的一条重要的批评进路。所以，总的来说，这十五位批评家，尽管他们的批评视野并非仅限于黑龙江文学，但他们对于黑龙江文学作为现代中国文学的一个地方性传统的建构发挥了重要作用。

但现在我想谈论的并非这个问题，而是在想象另外一种可能,就是一个地方对于一个批评家是否可能产生类似它对一个作家那样的塑造性影响?一个批评家,他是否有可能将某种地方性影响内化于他的批评眼光,以至于我们是否可以想象一种具有地方根基的批评?

这就远不像地方之于文学创作那样昭彰显明。文学批评作为一种志业和职业很大程度上是一种现代建构,是大学体制、文学传播机制和文学体制的产物;20世纪90年代以来,它更经历了一个学术化过程。而学术这件事,在本质上就预设了普遍化追求。一个作家可能认同于他所在的地方,因为这个地方——比如迟子建的北极村或莫言的高密东北乡——可能构成差异性的根基;而一个学者,你很难想象他会心甘情愿地确认他的地方性,即使他的学术关切是地方性的,这个地方性也必定有待于某种普遍性图景的认可和收编。他在很多时候——如果不是所有时候——为了获得足够的权威性,为了使自己显得可信,更倾向于隐蔽乃至遗忘自己的地方性。

但是,我依然愿意想象一种具有地方根基的批评。在此,我又一次想起了奥登关于批评家的一段精彩论述,他在题为《论阅读》的文章中说:"我们所下的美学或道德判断,无论我们怎样努力做到客观,多少都是我们主观愿望的理性化和矫正训练。一个人尽可以写诗或小说,写他的伊甸园之梦,那可是他自己的事,然而,一旦他提起笔来写文学批评,诚实就会要求他将它展示给读者,以便让他们有所凭借,对他的判断做出判断。因此,我必须回答我以前制作的一份问卷,这份问卷提供了我阅读其他批评家的时候希望自己拥有的资料。"

——在奥登这份关于一个批评家的伊甸园的问卷中,包括了风景、气候、居民的种族来源、语言、宗教、自然动力的资源、经济活动、交通工具、建筑、室内家具和设备、公共娱乐等等要素。这是关于一个批评家的"愿望"的清单,但是,比愿望更深邃的、更能影响他的判断的,或许还有记忆和经验。或者说,我们还可以提出一份关于批评家的故乡的问卷,我们可以想象批评家们,比如这个书系的十五位批评家回答这两个问卷,那么,也许,他们的伊甸园和他们的故乡、他们的黑龙江会有相当程度的重叠。

当这十五位批评家把自己的书放进《黑龙江文学批评书系》时,他们无疑是确认了自己不仅作为个人,而且作为批评家与黑龙江文学的深刻联系。这些书无疑已经构成了黑龙江文学传统的一部分，从不同的角度补充和扩展着那面镜子。同时，这个书系还向我们提示了另一种可能：批评家们将自己的故乡、自己的地方根基不仅理解为自己出发的地方、一个被生活和命运所给定的地方，他或许还可以把它化为一种选择和实践，化为一套问题意识。也就是说，不仅做关于黑龙江文学的批评，而且做一种根植于黑龙江特殊的历史、生活、文化和文学经验的文学批评。这的确也是由地方性抵达普遍性，但这样的抵达过程隐含着对普遍性的逆袭和修正，恍如农村包围城市。

黑龙江作协组织出版《黑龙江文学批评书系》，迟子建嘱我为序。正好最近因为种种机缘对地方性问题若有所思，比如，中国当代流行文化和大众文化中无疑有一个"东北性"问题，实际上还很少做学术梳理，于是便写了上面一篇议论。所思浅、所见陋，为的是借机向列位同行请教——窃以为，这里确实有大问题值得深入探讨。

谨序。

2018年10月4日凌晨1时

李壮小记

李壮扭捏了一下,终于说了,原来是,让我写他的印象记。

青年批评家李壮需要一篇印象记。当然,写!

面对电脑,想了想,忽然茫然,本以为印象是现成的,但似乎并没有很多话可说。

画肖像,最好是画李壮这样的,特色鲜明,自带喜感;画我这样的就要难倒画家,一张大众脸,和光同尘、泯然众人。但画画是一回事,写印象记是另一回事,写印象记最好还是写我这样的,因为毛病多;而李壮,其实我的印象就是三个字:好孩子,再简化就是一个字:好。一个好字其实最是难写,但自己答应的事,只好硬着头皮往下写。

　　李壮是我的小同事，几年前硕士毕业，入职后第一次到我办公室见面，一张明亮的娃娃脸，永远笑呵呵，真呀么真高兴。我吊着一张老脸，语重心长一二三四聊了一会儿，忍不住就慈祥起来：这是个快乐的小家伙，他是敞亮的，他不会发霉、不会拧巴，他不知人世之艰辛；但正因为不知，他不会把自己的人生搞得很艰辛，他会一直这样下去，笑呵呵的，直到我大概看不到的时候，终于变成一个快乐的、红扑扑的小老头。这么想着，我想我喜欢这孩子。

　　一转眼几年过去了。在这几年里，李壮依然笑呵呵的，依然用专注的眼神看人。不管接到什么事，他的口头禅就是："好嘞！"在此期间，人生大事若干，他至少办成了两件：一件是成了"青批"（青年批评家）；另一件更重要，就是结了婚，成了小肚子微腆的居家男人。

　　这就说到了李壮的夫人糖糖。李壮每说起糖糖，照例先在无形中咔嚓立个正，然后开口说："我们家糖总……"他们家糖总是重庆小女子，以我全部的人生经验，我确信，糖总会好好地管着她的李壮，宽严相济、刚柔并用，直到李壮成为乐呵呵的小老头，这是毫无疑问、不在话下的。实际上，由于和李壮、糖总同在一个朋友圈里，我不得不经常看着小两口儿公然打情骂俏秀恩爱——比如前两天，糖总晒出闺蜜结婚的照片，然后李壮在下面评论曰：第N张乱入的那姑娘真好看——当然，那姑娘是糖总。再下面，就只见小两口一来一往，各种花式腻腻歪歪，全不管一群朋友在围观⋯⋯

作为长辈，我实在不想看这个，不想看人家小两口的二人转，但是不看不行啊，他们偏在公共场合这么转啊转。只好看，看了一笑，觉得甚好，是看着人间妙人美事的好。

——这也是我喜欢李壮的原因，这个人，是会爱的——别跟我说爱谁不会呀，实际上就在这朋友圈里会爱的人也不算多，搞一辈子文学，只会恨，只会拧巴，以恨和拧巴为修行、为深刻。而李壮是舒展的，干净敞亮，找到好女人恨不得全世界的人都知道，抖出百般的机灵劲儿讨糖总的好。

这样一个人，与世界、与他人相往还，必是知心、有情。

这样一个人做一个批评家会怎样？我不太知道，实际上,这一次仅仅是因为要写印象记我才看了几篇李壮的文章——不是不关心,是怕看了就难免要说,说了也不一定说得好。年轻人的文章最好和我们不一样,可不一样的文章老家伙又不一定喜欢,种种纠结,索性不看。当然,在此之前,我听过李壮在研讨会上的发言,口才是一流的,比我好,我在他这个年纪断不能像他那样滔滔不绝、逻辑清晰——即使是现在,我也未必做得到,说话对我来说始终是一件费力的事,而李壮费的是另一种力:不是他找话,是话追着他跑。

现在看了文章,我想李壮确是有才气——这也是说了白说的话,我一开始就看出他有才气。所谓才气,其实也不过是一个理、一个情,情中有理、理中有情,情理兼备,则气盛言宜。

话说到这儿,忽想起李壮的老师张柠,有一日张柠和我谈起这个学生,立时摆出一副严师嘴脸:得多敲打他,没什么了不起,嫩得很,还得修炼。

前地质队员惯于敲打岩石,也惯于敲打人的脑袋。张柠兄总是对的,在下诺诺:是的是的,还得好好修炼!

然后,回来替李壮想了想,修炼什么呢?

修炼一：确实没什么了不起。好人一生平安，李壮是好孩子，很顺、很平安，不经人世之艰难，这就容易轻和浅。当然，绝不是说，李壮就应该历经坎坷和艰难，或者，李壮他们这些"90后"其实也自有他们的坎坷和艰难。同时，我们这些老家伙也不必看着年轻人一帆风顺就忧心忡忡、念念有词，莫非真的要让他们吃点苦头我们才安心、放心不成？

但是，话说回来，阅世浅、见事少终究不能说是优势。李壮在使用他的理论时，还是应该有更深广的人类经验的根基，言语之间或许该有一份犹豫，有一种沉吟、迟疑和慎重——我的意思不是说让他沉吟成我这个样子才好，而是，这世上有两种批评家：一种长于理论，一种长于经验。或许还有第三种，就是理论和经验兼备，但第三种我在这世上很少看见。我希望李壮是第三种，当然。

修炼二：理论也应该更精细、更复杂、更周密。或者说，还得再读书，得为自己建立起更宽阔、更深入的理论背景。

这么一和二地想罢，甚觉理直气壮。于是郑重其事地把李壮叫来，好好谈一次话，但李壮坐到办公桌对面，忽然又觉得并没有很多话可说，仓促间提一口真气，喝道：别整天忙着开会、发言、写东西，好好在家看书！

其实，这么说时忽然心虚，我自己何尝不是如此？

——好吧，印象就是这些，谨记。

2018年10月31日凌晨

追怀视觉革命

——阿莹《长安笔墨》序

阿莹先生新著《长安笔墨》，写的是长安画派。三篇总论之外，何海霞、黄胄、刘文西等十六位画家，一人一章，如同"列传"。看目录时，未免有疑，为何没有赵望云、石鲁。书读完了也就明白了，这二位笼罩全书，总论要论他们，列传是别人的事，其实也是他们的事，他们开一片天地、打一片江山，《长安笔墨》一部书，其实也是赵、石之"本纪"。

如此一部书，正该阿莹先生写。先生是做事的人，敏于世事，勤于事功；先生又是性情中人，仰观俯察，一支笔挥洒自如，应手传神。从前看他的文章，觉得好处在大小之间，天地之大，品类之盛，畅达优游。这样的人写这样一部书，观人鉴画，知人论艺，笔墨间真是风起云涌、鸢飞鱼跃。

对长安画派，我此前并无多少知识。当然，赵、石、何、黄、刘诸家我是知道的，但这种知道，也只是远远望见，山在那儿，云在那儿，不曾走过去，走进去。有关长安画派的书想必不少，各种专业的说法、学术的探讨想必很多，但对于我来说，有这一部《长安笔墨》，大概正好足够。阿莹先生几十年来入了画，进了山，愈入愈精，愈进愈深，而以先生之通脱，画也圈不住他，山也关不住他，他同时是画外人、山外人。能入、能进当然是好，但进去出不来，当局者迷的，其实也不少，云深不知处，越说越糊涂。而阿莹先生的大好处就是进得去、能出来，话说得明白。

比如长安画派之创造性，它在中国画史上前无古人的革命性，讲笔、讲墨、讲造型，都对，但窃以为都抓不住纲领，这个纲举目张之纲、领袖群伦之领，在《长安笔墨》中反复申说，就是时代、历史、人民，就是《在延安文艺座谈会上的讲话》的道路，就是义无反顾地辞别中国画的旧文人传统，以中国之笔墨重构现代中国的人与风景。

——此为高屋建瓴之见。这几日翻看公众号，见有人就中国画发感慨，说六十年来我们没有培养出一个伟大的艺术家。此等高论因为一文不值所以颇有市场，好比在文学中，你也可以天天叹气，说三百年来竟没有再出一个曹雪芹。如此的高人，便是这个时代的曹雪芹坐在他对面他也必定认不出来。因为他其实对究竟如何才称得上这七十年、六十年的伟大艺术家并无概念。读《长安笔墨》，我想我至少可以确信，长安画派正是20世纪中国革命的辉煌艺术遗产，赵望云、石鲁，他们是革命者，是先锋派，作为伟大的艺术家，他们雄心万丈，就是要打破传统视觉政治的死局，从中国革命和中国的现代经验出发为中国画重新立法。赵、石、何、黄、刘等等，他们在中国画中"发现"了现代中国，或者说，他们改造了自己，也改造了传统视觉，由此，古老的中国画新生为现代艺术，离开了原有的世界，来到了全新的艰险的异度空间。

我们的文明何其古老，原有的世界何其舒服。一部《长安笔墨》看下来，我想我看出了阿莹先生的隐忧。

先生仁厚，他不便明说；我不仁不厚，以小人之心度君子之腹，竟觉得他对长安画派的现在和未来其实是忧心忡忡。在21世纪，赵望云和石鲁的根本精神是否仍在？今时今日的画家，是否还有赵与石那样的意愿、勇气和能力去发现今日之中国？我以为这或许是这部书中瞄得很准、引而未发的问题所在。

庚子正月，闭门不出。《长安笔墨》摆在案头，与阿莹先生同游博物馆。我本不懂画，好在有阿莹先生引路。他懂画，他也知人，那些画家他大多与之有过交往，娓娓道来，或白描或工笔，感叹低回。而我印象至深的是书中反复出现的20世纪七八十年代的场景，那时，阿莹先生是一家国营大厂普通的干部，厂里定期举办工人业余文化活动，来讲课的都是当时和后来的名家，画家边画边讲，讲完了，一张张画稿随手就送给了工人……

一部《长安笔墨》，阿莹先生与其中好几位画家的情谊便是起于彼时。每读到此等处，也不由得感叹低回，这曾是社会主义文化体制与文化生活的一个日常情境，固然历史和生活还有更复杂的面相，但在当时，工人的心情、画家的主体、画家与工人的关系，这其中呈露着艺术史、思想史上革命性的、依然悬而未决的一系列根本主题。我知道,那样的日子已成前尘往事,现在谈中国画,再怎么谈也谈不到工厂里;说一句诛心之论,我估计,21世纪的很多中国画家最向往的"伟大艺术家"其实就是富贵寿考、盘踞于云端的董其昌。但也正因为如此,长安画派不可忘,《长安笔墨》值得写、值得读。

谨序。

2020年1月31日正月初七凌晨

《墨写新文学》展览前言

　　这是一次笔墨事件。

　　一个诗人——欧阳江河,他也是一位书法家,他和另一位书法家于明诠一起,用毛笔、用墨在宣纸上书写中国新文学的那些片段、那些诗句和篇章。

　　新文学亦是现代文学,于今已经百年。新文学是一次革命,不仅是内容的,而且是书写和阅读的。它立志把文学还给最广大的民众,以此建构现代的文化和现代的精神。

　　所以,新文学也是一次告别,告别毛笔,迎来钢笔、圆珠笔、电脑和手机。

书法由此被悬挂起来——它失去了与普遍的、日常的书写活动的联系。一百年来，书法成为一种能指的艺术，它的所指停止生长，它成为对失落的文言传统的临摹和回望。

因此必须感谢书法，它是召唤和保存记忆的仪式。

但也因此，这一次的笔墨事件具有特别的意义，这是探险，是书法与现代话语的对话和争辩，是让一座山撞向另一座山，这其中包含着巨大的、革命性的雄心：或许，不可能原来是可能；或许，两座山本是一座山；或许，书法不仅指向记忆，也连接现在和未来。

《墨写新文学》展览，2017年7月15日开幕

附记——在"墨写新文学"研讨会上的发言

"墨写新文学",关于新文学,我懂一点;关于墨写,一点不懂,夜航船上,手脚伸不得也。这个展览,因为在现代文学馆举办,在我的地盘上,欧阳和明诠让我写个前言。他们是客气,我不敢写;然后他们认为我是客气,非我不可。跟吃饭排座位一样,推来推去,最后我崩溃了,一屁股坐下来,写吧。写的时候定了一个原则,尽力写短,尽量不知所云,这样露出破绽的概率相应较低。现在也不知是否达到了效果。

我确信,"墨写新文学",无论是作为一次艺术实践、作为一个展览,还是作为一次艺术事件,都是有意义的。新文学与书法在这一行动中对话、冲突,风马牛不相及而一定要相及,本非同根生,煮到一个锅里相煎更急,结果是,相克相生,冲突被呈现出来,而这种呈现也打开了新的空间,新文学和书法都获得了新的面相。

站在展厅里,看那些新诗的诗句,那些小说的题目,本来都是很熟的,但是现在忽然用毛笔写出来,裱起来,挂在那里,感觉好像是陌生了。这种感觉类似一首诗被朗诵了一遍,新诗大部分是书面的,无口音,无唇吻,默默地读,但是现在忽然把它朗诵一遍,你会感到它一下子进了身体、出之于身体,它不再是客观的对象之物。"墨写新文学"好像是用书法把新文学朗诵了一遍,这些文本、这些文字,追根溯源大多是用钢笔、铅笔写出来的,或者用电脑敲出来的,然后以印刷体广泛流布于我们眼前。它是工业的和现代的,字还是那些字——当然到了当代连字也是简体字了,但作为符号、作为表意系统,它与笔墨、书法格格不入。这次展览、这个行动,它的张力在于,一方面将这种格格不入呈露出来,把历史的、文化政治的断裂和冲突呈露出来;但另一方面,格格不入而半推半就,在这种呈露中又生成了一些事物。

就新文学来说,当它被"挂"在那儿的时候,它更像一个"僭主",尽管只是写在纸上而不是刻在碑上,但墨写、装池,还有悬挂于壁上,这在一个空旷的场所,一个专供有距离的、仰视观看的展厅中,都具有了一种"纪念碑性"。这种纪念碑又是反讽的,因为这与新文学的根本语境是冲突的。新文学是大众的,而不是贵族士大夫的;是阅读的,而不是被瞻仰的;是在现代性的支配下永远创新的,而不是追摹典范、恪守法度的。但与此同时，这种"纪念碑性"又将新文学的某种内在焦虑召唤了出来，释放了新文学身上深藏的"原罪"：背弃了纸墨、背弃了石头，背弃了典重的、在哲学意义上与天地及身体贯通的文字……

书法是背弃之后的剩余之物。在《会饮记》里，我就这件事说了几句风凉话，我说欧阳和明诠是女娲补天。书法的天已经塌了，人们假装一切如常，但《墨写新文学》把这件事摆在了那里。我指的是，支持书法的那一整套复杂的文化系统，现在已经坍塌，已经四分五裂，道术为天下裂，道裂了，只剩下术。书法是有"道"的，日本叫"书道"，我们叫书法，法度里自有道在，道乌乎不在。我最近拜读刘正成老师的《书法艺术概论》，读到一百多页了，我感觉这是一个大系统，通天彻地，文和字真是中国文化的根本，最初是"文"，汉代才有"字"的概念，仓颉造字时，天雨粟，鬼夜哭，文字是天地间的大事。日常书写不用说了，它还有很不日常的、超越的一面。比如这里有块碑，有一片摩崖，我们在案头看是拓片，但是你在山野间看它，就会感觉到它写的时候不是让你读的，它根本没把你当观众和读者，它就是那样铭刻在时间和空间里。这是一大套极其复杂的文化系统，时至今日，在电脑和互联网的时代,这个系统已经不在了。

如此一座巨厦,现代以来,四梁八柱一件一件地抽掉了,剩下什么呢?剩下书法作为艺术,书法家加入书协,成为现代专业分工下的一门艺术的从业人员。但接下来问题就来了,这门艺术是没有所指的,它只剩下能指,它无法在这个时代的经验、思想和世界观里为自己找到所指。箭也有,弓也在,技艺娴熟,但射哪儿啊?百步穿杨,杨都没了。所以,书法变成了一种造型艺术,现在还不让写丑字,那连造型艺术也算不上了,只剩下了技术。

书法的"道"有了问题,"法"也有了问题,比如现代汉语加标点符号,这不是一件小事,是大变,这一下子就把"法"给破了,造成了日常阅读视界与书法的观看视界的隔绝。怎么办呢?于是就剩下抄唐诗,抄宋词。西川说,我们用笔墨书写一个文本等于把它批评一遍,可以构成批评行为,但我们大家都写"厚德载物",把它批评八万遍,这个所指已经被我们损耗殆尽,和朗诵菜谱也差不多了,你再抑扬顿挫、情绪饱满也是空的。

这是根本问题。这个问题欧阳江河、于明诠看到了。其实现代以来还有人看到了并且给出了解决方案,那是一群伟大的革命家。天安门广场上立着人民英雄纪念碑，那是革命与建国之碑，是中华人民共和国第一碑，它太大、太重，它在书法上的意义反而很少有人想到。"人民英雄永垂不朽""三年以来……""三十年以来……""由此上溯到一千八百四十年……"，碑和书法是传统的，但碑文却是现代语体文。革命家就是革命家，毛泽东、周恩来在书法史上做了一件革命性的大事，就是以书法写白话、写现代的话。我们看毛主席的众多题词，写即是所写，能指直奔所指，他在日常性和仪式性两个方面同时打破了"不可能"，结果我们也就习惯了，但其中的意义我们并未深思。

——欧阳和明诠不是革命家，他们只是艺术上的革命者，提心吊胆"墨写新文学"，旧瓶装新酒，种种困难，种种冲突，种种不协调。但困难、冲突、不协调，正是一门具有活力的、能够表达现代经验的艺术的根本境遇，由此，艺术才成为创造，艺术才不会沦为舒适的消闲。

2017年7月25日即席发言
2019年4月5日改定

飞于空阔

——为《扬子江评论·名家三棱镜》作

照例,在这里我必须谈论自己。我现在的问题是,都把自己嚼成渣了,实在没什么可说的了。我很羡慕那些可以源源不断地自我谈论的作家,而我即使在生活中也很少对着自己推敲玩味。

但我知道以上的话实际上都是在自我谈论,我已经开始了,我出现在这里,我照例要谈论自己,虽然可能没有什么新话可说。

首先,关于《会饮记》与"总体性"。

很多朋友都谈到了这个话题,我知道这要怪我自己，我在这本书里谈到了这个概念，而且，我记得有一次说着说着豪情万丈，还站到了山顶上——让暴风雨来得更猛烈些吧。我当然也知道，关于这个问题，我如果碰到理论家就会出车祸，倒霉的会是我自己。

所以，在此我把这个问题简化到相对稳妥的经验层面上。在这个时代，每个人都"包罗万象"。大概没有哪个时代的人们像我们这样，每天吞咽无穷无尽的消息、信息、感觉、印象，同时倾泻出各种情绪和意见，未经整理、互不相干。这叫"碎片化生存"，我们习以为常。这种状态有点近似于春秋，也有点像古希腊。老子说，五色令人目盲，五音令人耳聋，看得多、听得多不一定等于知道得多，反而造成思考和认知能力的瘫痪。古希腊人也有这个烦恼，古希腊哲学的基本问题是如何处理"意见"和"真理"、表象和本质，他们有无穷无尽的零散的"意见"——永远相对，永远是公说公有理，婆说婆有理，谁也说服不了谁，整个古希腊思想就是一场"奇葩说"，以吵架为能事、为人生意义所在，最后终于来了一个"绝对"，大家全消停了。人自身和人的世界处于零散状态，这样的"包罗万象"不能形成恒星、星系、星云，只是在虚空中飘荡的无数基本粒子。《会饮记》写的可能就是这个，它要表现这种状态，同时，更重要的是，反过来，看看能不能由这些粒子造出星来，能不能从碎片中为生活、为世界想象和书写某种整全感、某种普遍联系。

用什么办法呢？我也没想出什么好办法，也不外是俗歌里唱的"我要飞得更高"，当然我不是鸟，不过年轻时是半吊子鸟类爱好者，最近闲着没事会翻翻《中国蝴蝶图谱》——比小说好看。我想，超越、克服我们的碎片化状态的一种方法就是飞翔，如果你不能想象一种后古希腊式的或施特劳斯式的沉重的"绝对"降临，你至少可以使自己灵敏一点、轻盈一点，成为尽可能广博的人类经验的收集者，然后比较、分类、建立联系。你不能死盯着一根鸡毛或一地鸡毛，你得飞起来，让视野更辽阔，看到大处、远处，也从大处、远处照见自己。有人对我说，你多年来都特别喜欢用"宽阔""辽阔"或"空阔"，动辄就阔、就上了天，我想了想，确实如此。"百年多病独登台""不尽长江滚滚来"，这是我向往的，是八极和千载、神游与旷达、深悲与慷慨。这既是空间的，比如社会空间，比如古人的天下和今人的全球化；也是时间的，比如历史感。没有历史感也就没有现实感。当你从山西的陶寺遗址看起,看到河南的二里头,那儿被认为可能是夏朝的都城,一路看下来,你就知道,中国何以是中国,你自己何以是中国人。对中国人来说,历史是意义的基本源泉,从孔孟老庄,到范仲淹宋徽宗,到鲁迅丁玲,从当年南海上的无名船夫到20世纪30年代陕北的青年革命者,这些都不是古人,他们此时此刻就在我们心里,和我们对话,参与构造我们的现实。

我们都有一颗心,由此我们感觉到我们活着、存在着。在哪里?在于心。这颗心又是什么呢?它就是一个场所、一套住宅,汉语里讲"宅心""心房""心地""心田",说的都是此意。有住宅就有客厅,无数今人古人来来往往,但只有客厅你就成了开茶馆的了,开着门热闹,关上门空虚,心中无主,所以还得有起居之处,反躬自省。王阳明讲心学,知行合一,彻内彻外,就是说一方面要理会天下事,另一方面自身也不能放在一边。

所以,有句老话很管用:风声雨声读书声,声声入耳;家事国事天下事,事事关心。这是情怀,也是方法。大事里有小事,小事里有大事,由此去找那个总体

飞于空阔　231

性。文学当然要关心人的细微、脆弱和柔软，我自己也常常细微、脆弱和柔软，但同时，我也喜欢那种刚忍决断、天地不仁，这并不矛盾，这就是天地，也是本心。

然后，谈谈"历史"。

《青鸟故事集》的大部分内容，我在2000年就曾出过一本小书，叫《看来看去或秘密交流》。20世纪90年代有闲，我读了大批闲书，搜奇志异，特别对边疆史地、中外交通史、丝绸之路什么的感兴趣，所以写了一组中国历史上的外国人的故事。现在看，我也可以自夸，那时已经有了全球史的明确意识，而全球史——全球化视野中的历史、麦克尼尔近些年才成了显学。我当然做不了学问，不是学问中人，我顶多算是个知识享乐主义者。我那时着迷于冷知识、暗知识，比如名物史、刀剑冶炼史。那时又没有百度、谷歌，很多冷门书要四处搜求，泡旧书店和潘家园，有一次在琉璃厂看见斯文·赫定西北科考团报告的初版本，崭新的，要价二百，巨款啊！我在书店里出来进去凡三个来回，终于没买，至今抱恨。总之，读了很多，写就写了那么一点儿，读本来也不是为了写，就是欢喜得趣。不像现在，读什么书都先存了种地打粮食的心思。

再往前说，我小的时候，七八岁吧，最早读的书就有范文澜的中国史、吕振羽的中国史，还有郭沫若主编的《中国史稿》。那时不懂什么，看热闹而已。20世纪80年代后期到20世纪90年代初，闲得发呆，把《史记》《汉书》都用白话手写翻译了一遍，现在看当然没什么价值，但用这个笨办法也学了一点文，学了一点史。

自古文史不分家，现代文学以来很多作家都有胡适所说的"历史癖""考据癖"。在这个时代，通过大众文化和视听媒介，对历史的认识和想象比以往任何时候都更深刻地介入了中国人的精神生活。或者说，历史作为精神的、想象的资源正在有力地参与当今中国人的自我意识和文化认同。历史需要一代一代人反复讲，因为历史讲述的真正起点恰恰是逆时间而上的，顺流而下那是纯粹的时间，那不是历史。这种讲述不仅是学术的，也是文学的，通过这样的讲述，我们不仅是在扩展关于历史的知识，更重要的，是让我们在历史的纵深里认识自己，获得新的自我意识。

比如《青鸟故事集》，它的前身《看来看去或秘密交流》在十八年前出版时也没卖几本，不小心被我父亲看到了。他是北大历史系考古专业出身的，我出了书不想让他看，结果老爷子看了，忧心忡忡，欲言又止，有一天送我一本《白居易集》，在《与元九书》那页夹个条，在"文章合为时而著"旁边画了线。他的意思可能是，你怎么搞这么不合时宜的东西。当时我心中大惭，我觉得白居易说得对，我家老爷子也很正确，确实不该这么玩物丧志，于是专心发愤做文学批评，每月在报纸上开一个版的专栏，专谈新作，出了本《见证一千零一夜》，从书名就看得出来，绝对为时而著，当然这本我也没敢给老爷子看，怕他另有批评意见。

不过话说回来，十八年后《看来看去或秘密交流》增补了一些内容，改名《青鸟故事集》出版，到现在也卖得不错。我想不是这书忽然好了，而是时代变了，这本《青鸟故事集》终于也是为时而著了。

最后，说"文体"。

这是我写的时候想得最少，书出来后谈得最多的问题。显然是被评论家朋友们带了节奏，说着说着好像我真是在文体上琢之磨之、处心积虑。我过去当批评家时也常常被夸文体好，我知道大家是在提醒我：作为一个批评家，文体好不好其实没那么重要。就因为不会写论文、不会写小说、不会写散文，所以我把自己活活弄成了"文体好"。现在,每当人家介绍我是散文家,我常常惶恐,因为我很怀疑我写的那些东西算不算人们通常认为的"散文"。当然,我也意识到这比较吃亏,文体、体裁,这不仅涉及你怎么写,也关系到别人怎么读。这里存在着读写双方的一套约定,你说你是散文家,好了,我放心了,我想读小说时就不会找你,而且我也已经有一套预期,知道你会满足我。现在这样一个家伙,他自己都说不清他是哪家的,这就很让人烦。所以,现在人家说我是散文家,我也没意见。不过,我还是愿意做一个混沌未分的写作者,向庄子学习,或者向罗兰·巴特、本雅明学习,把人的经验、想象、思想作为一个整体,在这个整体里,那些文体规范其实不是多大的问题。我想大家之所以觉得我的文体值得一说,主要因为写东西的时候,我是一只鸟啊,我确实知道自己在飞,很爽,像冲浪和滑翔;但是我也清楚地知道,我总会兜回来,不会迷路,不会找不回来的。我在下笔的时候很少有成竹、有结构,只是有个念头、想法,好吧,开始吧!看看我们能飞到哪儿。我喜欢那种自由自在的线条感,这就像游泳,你知道命悬一线,但是你不会让这根线断了。然后,词语和比喻纷至沓来,逻辑和联系的线条会自然地在空中绷起来。

对我来说，写作，至少写《青鸟故事集》《会饮记》这样的文章，就是让我们碎片的、毫无关联的经验、思绪获得一种形式感，这种形式感不仅是文体，也是意义，也是某种总体性的闪烁。

2019年3月5日凌晨

关于坐标,能谈点什么?

——为《上海青年报》答丛治辰

你曾经表示,你很难认定一个地方为自己的故乡。你生于天津,祖籍山西芮城,上大学之前一直在河北,我想知道的是,你去过芮城寻过根吗?北京和芮城这两个地方,你认同哪一个是你心灵意义上的故乡?这两个地方谁才是世界的坐标,都对你产生过什么影响?

芮城我去过。那都是20世纪90年代了,三十多岁了。去了祖父的坟,在山坡上,俯瞰三门峡水库。磕了头转过身来,家里人指着一片大水说:咱家就在下边。

当年修三门峡水库，老村子都淹了。

芮城于我也就是个籍贯。我生活的地方是天津、保定、石家庄、北京，当然，我十六岁来北京，到现在这么多年了，它是我的城市。不过，我不太明白为什么最近大家都在谈论"故乡"。我想我要说北京是我的故乡，哪怕是心灵意义上的，也未免有点矫情。我在另外一个场合谈过，在中华人民共和国的经验中，有个很重要的层面，就是先通过计划体制，再通过市场，生产出越来越多没有明确地方认同的人，我就是其中一个。一定要让我强烈地感觉到我是个异乡人，那只有去外国，在那里，我会意识到，我是个去国离乡的人。

你进一步表示，我们不能老实到真的以为在文学上一定要有那么一亩三分地，然后才能种庄稼。这句话，我是不是可以这样理解：沈从文没有凤凰，鲁迅没有鲁镇，莫言没有高密，贾平凹没有商州，作家没有这么一个文学地理，照样可以写出伟大的作品？你觉得，没有一个固定的故乡概念，对于你的思维方式的形成和文学观念有着怎样的影响？

我还可以举一连串的反例，证明你所说的伟大作品不一定非得有一个客观的地理对应。你说的那一系列作品，或许是针对去地方化的、普遍化的现代性进程的诸多反映或策略中的一种，反现代性的现代性。我知道它很有效，但你不能说那是规律。写出了伟大作品，然后我们发现他有那么个地方，所谓"邮票大小的地方"；但从逻辑上你不能反过来说，非得有那张"邮票"，才能通向伟大作品。

我或许有一个故乡，它不一定是一个特定的地理区域，我愿意把它称作我的王国、乌托邦或伊甸园，那是由我见过的风景，我走过的路，我读过的书，我认识的男人和女人，我爱吃的食物，我的工作，我的迷思、妄念、噩梦和美梦等构成的。我想，每个作家都有这么一个王国，那是他的底牌、隐私甚至无意识。地理故乡只是其中一个因素，它能起的作用因人而异。

但是，我喜欢你刚才那个词：世界的坐标。虽然我同样不认为这个词应该是地理意义上，但是我愿意相信，它是在的。比如，我想中国就是我的坐标所在，我几乎从来不会思考我作为北京人或者朝阳区人意味着什么，使我产生身份意识、地方意识和问题意识的，就是中国。

在你的《会议室与山丘》里，有一篇《一本书，我的童年》，提到1999年，你还是青年批评家时，张燕玲约你谈谈批评观，18年之后的2017年，孟繁华又约你写写批评观。你在文章里说，那些隐秘地指引着我们的阅读和批评的，很可能是一种类似童年经验一样的事物。"就我来说，我可能依然是20世纪80年代初的那个孩子，未名湖畔……"我们想知道的是，在北大学习期间，哪些书、哪些人、哪些课、哪些事一直在隐秘地指引着你？

中国作家特别喜欢谈童年经验，一个作家基本的自我言说就是在特定的童年经验和后来的作品之间建立同构关系。似乎批评家们就无此兴致。我只是说，一个人某些最初的经验可能会以某种隐秘的惯性指引着你。比如，20世纪80年代我上大学的时候，差不多所有人都是文青，写诗什么的，但我在大学期间不曾写过一首诗，当然后来也没写。为什么不写呢？我上初中还偷偷写过呢，现在自我分析一下，我可能是对那种过度的激情、自我戏剧化的东西,有一种本能的不适,近乎羞耻——没有这个词那么严重,但看到你上铺或下铺忽然那么神经兮兮的,总有点不好意思,不是为他,是为自己。我想这在一定程度上可能影响了我对文学的看法,对太文学的东西有一种本能的抵触、不信任。当然,这件事里最可笑的是,我恰恰是我的同学中一直在搞文学的两三个人之一。

接着说北大,在2018年北大中文系毕业典礼致辞中,你谈到北大中文系的四年读书生活对你来说也谈不上多美好,"连个恋爱也没谈过"。但是我注意到在《会饮记》中,你经常提起那片湖,感觉那片湖在你心里的波动还是挺大的。你能不能谈谈庸俗意义上的大学生活呢?除了没有谈过恋爱,还有什么事情没有来得及做?这些缺失是个人原因,还是时代的原因?如果让你重回北大,你最想干什么?

我那时经常晚上一个人在湖边走,或者坐着,直到很晚,以至于得了个外号"夜袭队长"。这没有听上去那么浪漫,我想那只是因为我不喜欢学生宿舍楼里的那种闹腾。不知道你们后来怎样，反正我感觉每天晚上都像个发疯的马蜂窝。那时北大有很多热闹，我完全是个旁观者。当然，一个小屁孩也很难掺和进去，但说到底，我想我自己也并没有多少掺和进去的冲动。所以不是有什么事没来得及做，而是想不出有什么事可做。但是，旁观者并非无感，在20世纪80年代的北大，你会感觉到历史正在身边运行，你的生命里会植入一种"历史感"，或者说，你坐在未名湖边的长凳上，你就会在一个特殊的位置上感受你与某种宏大之事的关系。当然，这是现在的说法，我尽力不把它说复杂了，当时没那么复杂。但是，现在想起来，这可能是北大对我的最深刻的塑造。

如果能穿越回去——我想我对当时的自己并没有什么更好的建议，我会和他一起，在湖边呆坐。这挺好的。

在《会议室与山丘》中，你描述了相当有趣的童年经历，你说因为父母都是考古工作者，所以你从小就身处"乱七八糟千奇百怪的旧物中"，因而学会和它们建立一种自然而然的关系，显然这影响到了你有关历史的写作与思考，甚至你的文风。你的父母都是北大学子，能问问你父母的情况吗？两位高堂对你的为文、为人都产生过什么影响？

他们都是北大历史系考古专业的，那时考古还在历史系里边。我父亲是典型的20世纪50年代中华人民共和国培养的大学生，严谨、刻板、献身工作、毫不幽默，这辈子我都没跟他聊过真正意义上的闲天。我母亲是双鱼座，是个文学爱好者，每天都要读小说。她对人世、对人情有一种既敏锐又欢乐的感受力，所到之处人们都喜欢她。我记得在我八九岁的时候，她就津津乐道地跟我大讲《红楼梦》里凤姐、黛玉怎么骂人"放屁"。我想我家在20世纪70年代可能是有一个女拉伯雷。各有各的影响吧，这是没办法的事，你会经常发现你在某一点上像你的父亲或母亲，尽管这可能根本不符合你的人生规划。

在《会议室与山丘》中，你谈到自己当年的职业选择，你说你并不是文学青年出身，从事文学也算是偶然，不过因为摩羯座的天性，一旦做了文学这个行当，就做得相当执着和认真。你说当初如果让你当会计，你也会好好干的。不过，你也很热情地肯定了文学的价值，你说文学的价值"是宗教、哲学和其他一切知识不能给我的"。在你的现实体验里，文学与宗教、哲学的主要差别在哪里？你对文学重要性的认识是从来就有的，还是在文学工作的过程中逐渐产生的呢？

我们说文学是人学，但宗教和哲学难道不是人学？什么不是和人性有关呢？经济学研究理性经济人、人的交易和选择行为，那不是人性？所以，你总要思考文学何以是文学，它对人类生活意义何在。但是我自己一直避免给文学一个定义，给它扎起篱笆，我想文学的功能和意义在不同的历史境遇和人生境遇中是不一样的，所以这个世界上会有无数种写作和无数种阅读。你提到"文学工作"，我想这对我是重要的，我从1984年20岁开始在《小说选刊》当编辑，那时正是"85新潮"前后，一开始就经历了文学观念的巨大变革，你必须在牢固的定见和新的文学经验之间做出判断和选择，这使你在没来得及形成定见的时候就先要形成一个开放性的视野，在文学的多种多样的可能性中去估量它的价值。

我听说你年轻的时候也非常刻苦，而且我不相信摩羯座的人会没有"认真"的一面。诚然,笨伯就算再刻苦也不可能写出你那样的文章,你认为你是"天分"多一些呢,还是"认真"多一些?二者应该如何平衡?

我不知道。认真我还是非常认真的,我至今还在与我的完美主义做斗争。至于刻苦,那就谈不上。比如当年我被分配到《小说选刊》,不去宿舍,睡在办公室,很多年后,老前辈回忆起来,都赞曰:"小李很刻苦,天天看书。"我想,他们是把惰性当作了刻苦。实际上,我那时一个人在北京,又不喜欢社交,只好读书,读书也没什么目标,读各种没用的闲书。直到现在,我也觉得,我荒废了太多时间。

至于"天分",我不知道。我想天分之有无只能从你的活儿里看出来。我自己做编辑的时候,看很多稿子,一边看一边想劝他别干这个了,干点别的。当然最终我是不会说的。在中国人这里,天分事关自尊,你可以批评他不认真、不刻苦,但你说他没天分那就近乎侮辱,所以你必须替他保密。别人的天分我看得出来,自己的天分我看不出来。

当年你在负责《人民文学》的时候，倡导"非虚构写作"，回头看"非虚构写作"提出这么多年，它对文学的贡献是什么？如今跨文体写作可以说是无所不在，诗歌、小说、散文相互渗透，边界越来越模糊，比如小说的散文化和诗歌的散文化，你认为这是好事，还是坏事？

对有的人是好事，对有的人是坏事。问题不在于谁侵入了谁的边界，而是我们的眼光变了，一种新的感受力正在生长。在这里，传统的文体秩序——人类感受、表达和讲述的传统分类、分隔正在瓦解。文学中人可能不喜欢，因为这意味着原有的知识、利益、权力和手艺的贬值，但是，有什么办法呢？我们正好就处于一个大时代，这个大时代可能根本就不诉诸你的自我意识，它直接就把你甩在后边扬长而去。我们已经见证了报纸的衰亡，当然我们知道一起衰亡的不仅是报纸，还有关于新闻的一系列的基本观念。文学在某种程度上也面临一样的危机。

至于"非虚构"，我记得我一开始就说过，立一杆旗在一片荒野上，看看会发生什么，不必急着给它定规矩，划下道儿来。结果这些年我们看到，一大群人聚集过来，这不是因为有这杆旗，而是因为那片荒野空地就在那里。我已经很长时间不太关心非虚构的问题了，那又不是我的一亩三分地。据我所知，现在有不少人对它在理论上做出界定，我想，现在看，它的意义不仅是文学的，而且在于溢出文学的广义的表达、讲述和书写。就现有的文学疆界谈问题是谈不清楚的。

在你的创作中，你把虚构和非虚构都艺术地处理了，它们都变得坚硬，同时变得模糊。我是否可以这样理解，这是你把自己"发明"的概念在写作中的具体应用？你曾经谈到规格森严的文体和"文"之间的区别，这实际上涉及一系列复杂的问题，比如章法和自然的问题，所以你要用一种独创的"文"拆除虚构和非虚构的边界？

我觉得这并非独创。我愿意追溯到庄子，追溯到鲁迅，我甚至由此理解了鲁迅后来为什么不写小说而写杂文，写《野草》，写《故事新编》。关于"文"的传统、子部的传统、先秦的传统，我曾经反复谈过，当然实际上也是不成熟的想法。

你曾经说"最想做的事其实就是办杂志",这个当初偶然踏入的行当,为什么让你这么热爱?你最想办的,或者说你最理想的杂志是怎样的?

习惯吧。我会因为习惯而爱上一件事。毕竟我办了28年杂志,而且办杂志确实是一件有成就感的工作:它提供一种稳定的意义,你知道你想要什么,然后你行动起来,看着它成形,并且在这个世界上产生一点影响。在高度分工的现代社会中,它可能是难得的一件让人找到一种农夫式的整全感的工作。

最后一个问题,你有多重身份,包括写作方面的作家、评论家,还有公务方面的中国作家协会副主席,同时你还有书法等多种雅好。我个人认为,你如果专心写作的话,也许会取得很大成就。这些身份的相互关系是什么?你又是如何分身的?你下一步会不会有侧重和计划呢?

请不要用"书法"这个词,只是写字,还写不好。对我来说,工作是第一位的,我也并不认为工作和写作之间有多大的矛盾。实际上,每当放长假我就会充满失败感,因为并没有写什么东西;相反,我喜欢在工作的间隙写作,喜欢那种忙里偷闲的感觉。但似乎并没有什么分身的好办法,只不过取决于你是否愿意为读书和写作留出时间。关于下一步的计划,我已经广而告之,就是写《春秋传》。四处嚷嚷不是为了提前做广告,而是给自己施加压力:都喊出去了,赶紧写吧。

2018年10月17日

答《未来问卷》

哪本书对你影响最为深远,甚至让你觉得,它改变了你的人生轨迹?还记得第一次接触书的情形吗?

这真是要命的问题。对有的人来说,他们一生中其实只需要几本甚至一本书,凭借这几本或一本书,他们为自己制造一辆坦克或建造一座堡垒:作为坦克,他可以进攻,改变世界;作为堡垒,他可以防守,拒绝世界。对此我没什么意见。我自己是个漫游者,我需要很多很多书,很难说清到底哪一本产生了"最"为深远的影响。

第一次接触书的情形，不记得了。我父母都是文科生，家里本来就有书柜，里边装满了书。书籍对我来说是一个给定的、原初的人生背景。更何况我母亲还是那个时代——20世纪六七十年代——很少见的兴趣广博的读者。那时找到一本有意思的书是不容易的，几乎可以据此衡量一个人的好奇心、求知欲和社会交往能力，她的好奇心、求知欲很强，并且广交三教九流的朋友，总能通过种种神秘的途径找到有意思的书。

所以，让孩子读书的最好办法就是父母自己读书。

你花钱买的第一本书是哪一本？它给过你怎样的好感或恶感？

完全不记得了。应该是上大学以后，1980年，那时自己有钱了，每月助学金加上家里给的钱三十多块，真是有钱啊！在北大南门外的长征食堂，一瓶啤酒加一大盘鱼香肝尖，一共两块三，吃完了就溜达到附近的书店，买书。

迄今为止，对你影响最大的作家是谁？谁曾经充当过你的文学"教父"？

读书如吃饭，你没法说清到底哪盘菜特别重要，如果列出作家的名字，那就会很多：左丘明、司马迁、班固、博尔赫斯、福柯、布罗代尔、斯文·赫定等等，以及唐代、宋代、明代的一大群笔记作者。很难说谁的影响最大，他们在不同时期引导了我的眼光和趣味。

谁是"教父"？我从没想过这个问题，一大群人呢。

你的童年缺乏书籍吗？

不缺。上小学三年级时，我9岁，我们家搬到了石家庄。我母亲在省出版局工作，那个单位有一个在"文革"中幸存下来的资料室，在一个巨大的仓库里，我感觉里边的书无边无际。我母亲和资料室的阿姨是闺蜜，然后，我就可以在里边乱窜乱翻，想看什么就看什么。——好吧，忽然想起，有一次带了一本《巴马修道院》回家，那年我大约10岁，也不知道司汤达是谁，但我想我被法布里斯和吉娜公爵夫人的故事迷住了，那是我第一次在文学作品中领会到如此富于深度的情感。然后在很长的时间里，我认为世间最美好的女人就是吉娜公爵夫人。

你反复重读的书是哪几本？最多重读过几次？

有的书，比如《左传》，重读过三四遍，现在还在读。除了写作需要，我并不怎么喜欢重读一本书。但问题是，有的书也很淘气，你以为你把它放下了，它总会鬼头鬼脑地冒出来。比如钱锺书的《管锥编》，每次都是翻了翻放下，也没打算再读；过了一两年，忽然想起来，再拿起来读几十页，然后再放下；如是者二十几年了。这样的书颇有几本，比如周作人翻译的《枕草子》、陆澹安编著的《小说词语汇释》、波斯人写的《治国策》等等，也没什么道理，就是和它们有缘。

你阅读最多的阶段是在哪个时期？

一定要找个标记的话，那应该是2000年以前，36岁以前，那时真是日子清简，工作、生活等方方面面都不慌也不忙，简直有些游手好闲，便读了很多闲书。

博尔赫斯说,如果有天堂,那它就是图书馆的模样。你熟悉你所在地区图书馆的位置吗?它们与你的距离分别有多远?你还常去图书馆吗?

真是惭愧,我从来不喜欢去图书馆。自大学毕业后再没有去过图书馆。我败家的坏习惯是:要读的书一定要买回来。读书对我来说就是过日子,我不喜欢图书馆那种公共的、把私人生活隔离在外的感觉。又不能喝茶,又不能抽烟,又不能躺着,怎么读书啊?

至于天堂,我想,博尔赫斯的图书馆除了他肯定没有别人,对此我并无异议。

请描述一下你的书房。有些人的卧室里也堆满了书,如果你愿意同时描述一下你的卧室,那么我们也很欢迎……

书房和办公室都堆满了书。书架、地上、纸箱子里。我本是个偏执的图书管理员,整理欲很强,把书分类上架,秩序井然,这才觉得天下大定,海晏河清。但现在已经做不到了,只好任由其"兵荒马乱"。不过卧室里没什么书,我不想在"兵荒马乱"中睡觉。

在接受访谈的这一周里,你的枕边书是什么?假如你正在出差的路上,你带上旅程的是哪一本?

我现在正在成都,带了一本张岱的《快园道古》。在家里,这几天放在手边的,有阿特伍德的《使女的故事》、奈保尔的《大河湾》和普克纳的《文字的力量》,那都和手头的工作有关。

据说,每个人都有自己最舒坦的阅读姿势,你是窝在沙发里,还是躺在床上?

长沙发,可以躺着。

假如地球就要灭亡了,有十本书可以"幸存",你希望是哪十本?

我是个选择困难症患者。我真不想现在就在想象中受这个罪。但是请放心，如果地球真的要灭亡，在逃走之前我会做出决断的。不过我想我那时并不会带几本文学书，我或许会选择我在地球上永远不会看懂的书，比如一本爱因斯坦的论文或一本数学书什么的。

假如未来有一种记忆芯片，能够将书籍植入你的脑袋，你愿意接受吗？如果愿意，你打算接受什么样的书？

我不喜欢这个主意。我的书房够乱的了，我可不想把脑袋弄得像一间书房。我希望我的脑袋不仅是个数据库，它可以很任性地自己选择记住什么、忘掉什么，喜欢什么、厌恶什么。

你觉得未来的文学创作会不会被微软小冰那样的机器人取代或部分取代？你会看那些机器人的作品吗？

出于好奇，我读过微软机器人小冰的诗。不过很快我就不感兴趣了。我想问题不在于它写得好还是坏，而是在根本上，我之所以愿意阅读一本书或一首诗，是因为它出于另一个人之手，一个在本质上和我一样的

"人"。

如果有一台机器可以"翻译"或记录你昨晚的梦境，你愿意尝试吗？因为你很可能在梦里正遇见一个奇妙的故事，或一长串漂亮的文字。

——那你多半是被你的梦骗了，梦里的故事通常在根本上是老套的。弗洛伊德早就告诉我们，潜意识这个作者并非那么了不起，它关心的问题很有限。至于漂亮的文字，只有醒着、头脑像刀刃一样清晰锋利的时候才写得出来。

你每年花多少钱买书？

我并无记书账的习惯，像鲁迅那样。现在，朋友和出版社送的书很多，不得不把一些书再想办法送出去，因为实在放不下了。我常常提醒自己，你现有的书在有生之年已经看不完、放不下了。但与此同时，还是会每年花很多钱买书，这就像有的女人买包包一样，不是因为你需要，而是你觉得你需要，有的书你不买简直就忍不住。

你希望从阅读中获得哪些东西？社会生存术？待人处事的智慧？知识上的满足？情感的感知？抑或生死终极问题的解答？

我没有那么明确的目的。我知道这份答卷是给孩子们看的，他们也许10岁，也许16岁。我只想说，书不会解决你未来人生中的很多问题，因为写书的人无法把你的人生过一遍；但是，读书却可以使我们细致深入地领会别人是怎么过的，这无论如何都是一件好事，有益于人生。

阅读会为你带来快乐吗？如果有，这种快乐是浅层的，还是深层的？

阅读有如人生，不仅有快乐，什么都有。但阅读并非真的人生，所以它是安全的，安全的快乐、安全的悲伤、安全的发疯……

你会在与友人聊天时互相推荐书目吗？你信赖友人这方面的推荐吗？

现在已经很少这样了，随着年纪渐长，你会发现，有的书只是你的书，这像隐私一样，你不打算、很可能也无法与人分享。当然，你也并不打算听别人的推荐。

请你为孩子们的阅读列一个未来书单，推荐你认为适合孩子阅读的书籍，并说一下为什么会选择这些书。

很抱歉，我不想推荐这样一个书单。就像我刚才回忆的，不要以为孩子是孩子，不要低估孩子的理解力和感受力，并没有什么书是孩子不能读的，他们是伟大的读者，他们会以奇妙的方式和路径去读自己找到的那本书。

2018年9月7日上午